LES BOURGEOISES A LA MODE,

COMEDIE.

De Mr DANCOURT.

A PARIS,
Chez THOMAS GUILLAIN, à la descente du Pont-neuf, proche les Augustins, à l'Image S. Loüis.

M. DC. LXXXXIII.

Avec Privilege du Roy.

A MADAME

DES HOULIERES.

MADAME,

Le grand ſuccés de cette Comedie n'eſt qu'une ſuite des applaudiſſemens que vous lui avez donnez dans la lecture que j'ai eu l'honneur de vous en faire. Agréez, je vous prie, que je vous en remercie publiquement, & qu'en vous la dédiant je lui assure une éternelle réussite pour l'avenir. Tout ce qu'il y aura jamais de personnes d'esprit, & de bon goût, se feront toûjours un devoir de regler leurs sentimens sur les vôtres, & vous êtes en droit de decider souverainement du prix des Ouvrages & du Merite des Hommes. Je vous avouë de bonne foi, MADAME, que c'est ce qui me fait rechercher avec empressement l'hon-

neur de vôtre estime, & je suis persuadé qu'il n'y a pas de meilleur moyen pour meriter celle de tout le monde. Je suis avec respect,

MADAME,

Vôtre trés-humble & tres obéïssant serviteur,
DANCOURT.

ACTEURS.

Mr SIMON, Notaire.

ANGELIQUE, Femme de M. Simon.

Mr GRIFFARD, Commissaire.

ARAMINTE, Femme de M. Griffard.

MARIANE, Eille de M. Simon.

LISETTE, Fille de Chambre d'Angelique.

Me AMELIN, Marchande.

LE CHEVALIER, Amoureux de Mariane.

FRONTIN, Intriguant.

Mr JOSSE, Orfévre.

JASMIN, Laquais d'Angelique.

La Scene est à Paris, dans le Logis de Monsieur Simon.

LES

LES BOURGEOISES A LA MODE.

COMEDIE.

ACTE I.

SCENE PREMIERE.

LE CHEVALIER, FRONTIN.

LE CHEVALIER.

HE' bien, Frontin; as-tu donné mon billet à Lisette?

FRONTIN.

J'arrive comme vous, je n'ai encore vû personne; mais j'ai apris en ville une tres-fâcheuse nouvelle.

LE CHEVALIER.

Quelle nouvelle, de quoi s'agit-il ?

FRONTIN.

Il faut quitter ce Païs-ci.

LE CHEVALIER.

Et la raison ?

FRONTIN.

Il s'y forme un orage épouvantable.

LE CHEVALIER.

Comment ?

FRONTIN.

On a fait de mauvais raports à la Justice.

LE CHEVALIER.

A la Justice, que veux-tu dire ?

FRONTIN.

Ce jeune homme à qui vous gagnâtes l'autre jour ces deux mille écus qu'il venoit de toucher pour faire cette Compagnie de Cavalerie.

LE CHEVALIER.

Hé bien ?

FRONTIN.

Il est fâché de les avoir perdus.

LE CHEVALIER.

Tu me dis là une belle nouvelle, hé qui en doute.

FRONTIN.

Ce n'eſt pas tout, il a eu l'indiſcretion de s'en plaindre.

LE CHEVALIER.

Tant pis pour lui.

FRONTIN.

Tant pis pour vous, car on informe.

LE CHEVALIER.

Que cela ne t'embaraſſe point, je me tirerai bien d'affaire.

FRONTIN.

Ecoûtez, vous menez une vie diablement libertine, franchement.

LE CHEVALIER.

Cela commence à me fatiguer, je te l'avouë.

FRONTIN.

Nous ſommes furieuſement décriez dans Paris.

LE CHEVALIER.

Si le deſſein que j'ai peut réuſſir, je reparerai cela quelque jour.

FRONTIN.

Il n'y a preſque plus que cette maiſon où vous ne ſoyez pas tout-à-fait connu.

LE CHEVALIER.

Il faut tâcher d'en profiter.

FRONTIN.

C'eſt bien dit, attrapons encore ces

gens-ci, & faisons grace au reste de la nature.

LE CHEVALIER.

La petite fille de Monsieur le Notaire, chez qui nous sommes, l'aimable & jeune Mariane, est un des meilleurs partis qu'il y ait à Paris.

FRONTIN.

Et sa belle-mere, Madame la Notaire, une des plus grandes dépensieres qu'il y ait au monde; il ne lui manque que de l'argent.

LE CHEVALIER.

C'est une femme de fort bon sens, qui aime les plaisirs, le jeu, la compagnie, & depuis deux jours je me suis avisé de lui persuader de donner à jouër chez elle, pour avoir occasion d'y venir plus souvent, & pouvoir entretenir Mariane de la tendresse que j'ai pour elle.

FRONTIN.

Cela est fort bien imaginé; mais Monsieur le Notaire que dira-t-il à cela?

LE CHEVALIER.

Lui? c'est un bon-homme qui n'a presque pas le sens commun.

FRONTIN.

Cependant il n'a pas le goût mauvais;

il eſt amoureux d'Araminte, comme vous ſçavez.

LE CHEVALIER.

De la femme du Commiſſaire ?

FRONTIN.

Juſtement. C'eſt moi qui ſuis le confident de cette affaire.

LE CHEVALIER.

Ne le voila pas maladreſſe, Araminte & ſa femme ſont intimes amies.

FRONTIN.

Cela ne gâtera rien, au contraire, ſi elles ont de l'eſprit elles profiteront de l'avanture; & pour vous ſi vous en uſez bien avec moi, car enfin nous nous connoiſſons comme vous ſçavez. Il faut être bon Prince, nous tâcherons de vous faire épouſer Mariane. Voici deja vôtre billet que je vai donner à Liſette. Allez cependant ſonger à faire taire le petit homme aux deux mille écus dans l'affaire où vous allez vous embarquer, une avanture d'éclat ne vaudroit pas le diable.

SCENE II.

FRONTIN *seul.*

L'Heureuse chose que d'être né avec de l'esprit. Oh pour cela Monsieur le Chevalier est un des premiers hommes qu'il y ait au monde. Le jeu, les femmes, tout ce qui sert à ruiner les autres, est ce qui lui fait faire figure, & tout son revenu n'est qu'en fond d'esprit. Patience, je ne dis mot, mais ma foi s'il ne fait ma fortune avec la sienne je gâterai bien ses affaires.

SCENE III.

FRONTIN, LISETTE.

LISETTE.

AH! ah! c'est toi, bonjour, Frontin.

FRONTIN.

Bonjour Lisette. Ta Maîtresse est-elle habillée?

LISETTE.

Ouy, mais c'est une grande merveille, & nous n'avons pas coûtume d'être si diligentes.

FRONTIN.

Et sçais-tu bien qu'il est prés de midi ?

LISETTE.

Cela ne fait rien. Comme nous ne nous couchons que le matin, nous ne nous levons que le soir ordinairement.

FRONTIN.

Et vous vous promenez toute la nuit.

LISETTE.

Oh cela va bien changer. Monsieur le Chevalier a conseillé à Madame d'établir ici avec Araminte de petites parties de plaisir & de jeu. Nous ne sortirons plus si souvent, & dans le fond il y a quelque raison. Il vaut mieux recevoir chez soi compagnie que de l'aller chercher en ville.

FRONTIN.

Et le Mari sçait-il quelque chose de ce dessein?

LISETTE.

Non pas encore. Mais quand cela sera ne le verra-t-il pas bien sans qu'on lui dise : c'est un homme qui n'est pas tout-à-fait le maître, comme tu sçais.

FRONTIN.

Bon pour faire la femme de qualité. On dit que ta Maîtresse le fait quelquefois passer pour son homme d'affaires.

LISETTE.

Le grand malheur! Est-ce ici la seule maison de ta connoissance où les Maris ne sont que les premiers domestiques de leurs Femmes?

FRONTIN.

Il y a mille Bourgeoises dans ce goût là.

LISETTE.

Il n'est rien tel que de mettre les gens sur un bon pié.

FRONTIN.

Oh diable, pour bien dresser un Mari tu es la premiere Fille du monde.

LISETTE.

Venons au fait. Qu'est-ce qui t'ameine ici?

FRONTIN.

Bien des choses. J'y viens de la part d'Araminte, de celle de Monsieur le Chevalier, & de la mienne.

LISETTE.

Comment de la tienne?

FRONTIN.

Oüy, mon enfant, j'ai une impatience terrible de devenir ton premier domestique,

LISETTE.

Rien ne presse encore. Veux-tu parler à Madame ?

FRONTIN.

Oüy, vraiment, comme laquais d'Araminte j'ai un billet à lui rendre.

LISETTE.

Hé bien, vien, tu n'as qu'à me suivre.

FRONTIN.

Et attens, attens. Comme Valet de chambre de Monsieur le Chevalier j'ai des affaires serieuses à te communiquer.

LISETTE.

Comment donc, tu te mêles de bien des mêtiers, à ce qu'il me semble ?

FRONTIN.

Il est vrai, je suis le garçon de France le plus employé. Valet de chambre de l'un, laquais de l'autre, grison de celle-ci, espion de celle-là. Je fais tout avec une discretion admirable. Dans la plûpart des avantures dont je me mêle, je suis presque toujours pour & contre, je conduis quelquefois les affaires de la Femme & celles du Mari tout ensemble. Je sçai toujours tout, & ne dis jamais rien, & je ne cherche qu'à faire plaisir à tout le monde.

LISETTE.

Voila un fort joli caractere : Mais dis

vîte, qu'as-tu à me faire sçavoir de la part du Chevalier ?

FRONTIN.

Qu'il est amoureux de Mariane.

LISETTE.

De Mariane !

FRONTIN.

Oüy d'elle-même, & il m'a chargé de te la demander en mariage.

LISETTE.

En mariage: à moi !

FRONTIN.

Est-ce que tu ne sçais pas que pour épouser des Filles de Bourgeois, ce n'est point aux Peres que de jeunes gens de condition s'adressent à present.

LISETTE.

Non.

FRONTIN.

Non vraiment, cela étoit bon autrefois; mais aujourd'hui les manieres sont bien differentes : on prend seulement l'aveu de la petite Fille, on tâche d'avoir l'agrément de la Fille de chambre, & quand on ne peut plus cacher la chose, on en informe la famille.

LISETTE.

Cela est de fort bon sens. Monsieur le Chevalier a-t'il expliqué son amour ?

FRONTIN.

Ses yeux ont tâché de se faire entendre.

LISETTE.

Hé bien ?

FRONTIN.

Ceux de Mariane n'ont rien compris : Mais pour rendre la chose plus intelligible, voila un petit Billet que tu es priée de lui faire lire.

LISETTE.

Tres-volontiers.

FRONTIN.

Nous en aurons bien-tôt réponse.

LISETTE.

C'est ce que je ne sçai point, Mariane n'est pas souvent avec sa belle-mere. Monsieur le Notaire qui est Bourgeois depuis les pieds jusqu'à la tête, ne veut pas que sa Fille prenne les manieres de sa Femme, & nous n'avons point avec elle tout le commerce qu'elle voudroit bien avoir avec nous.

FRONTIN.

Voici ta Maîtresse.

SCENE IV.

ANGELIQUE, FRONTIN, LISETTE.

ANGELIQUE.

IL n'est encore venu personne ? Ah te voila, que veux-tu Frontin ?

FRONTIN.

Vous rendre un Billet d'Araminte, Madame. *à Lisette* Songe à celui de Monsieur le Chevalier.

LISETTE.

Ne te mets pas en peine.

ANGELIQUE *aprés avoir lû.*

Voila qui est bien. Puisqu'elle doit venir il n'y a point de réponse, je la lui ferai moi-même.

SCENE V.

ANGELIQUE, LISETTE.

ANGELIQUE.

Lisette.

LISETTE.

Madame.

ANGELIQUE.

Mon Mari est amoureux d'Araminte.

LISETTE.

Lui, Madame! seroit-il possible?

ANGELIQUE.

Elle me l'écrit.

LISETTE.

Et vous n'êtes pas plus intriguée?

ANGELIQUE.

Intriguée, par quelle raison. Cette femme est de mes amies, & tu sçais que je ne suis pas jalouse.

LISETTE.

Vous avez raison, la jalousie est une passion Bourgeoise, qu'on ne connoît presque plus chez les personnes de qualité.

ANGELIQUE.

Fy, cela ne merite pas ſeulement que l'on y faſſe attention, parlons d'autre choſe. Sçais-tu bien que je commence à me repentir de m'être laiſſé perſuader de donner à joüer chez moi.

LISETTE.

Et comment donc, quoi vous ne ſçavez jamais ce que vous voulez. Mort de ma vie vous êtes bien plus femme qu'une autre.

ANGELIQUE.

Oh ne me querelle donc point, je te prie, tu me mettrois de mauvaiſe humeur.

LISETTE.

Hé comment ne vous pas quereller, il ne tient qu'à vous d'être parfaitement heureuſe, belle, jeune, bien-faite, ſpirituelle, vous êtes aimée de tous ceux qui vous voyent, & vous avez le bonheur de n'aimer perſonne que vôtre Mari, que vous n'aimez guere; vous êtes ſans aucune paſſion dominante, que celle de vos plaiſirs, vous avez en moi une Fille dévoüée à tous vos ſentimens, quelques déraiſonnables qu'ils puiſſent être, & vous ne cherchez qu'à troubler la tranquilité de vôtre vie par des inégalitez perpetuelles.

ANGELIQUE.

Que veux-tu que je te dise, je suis dans des situations qui ne me plaisent point du tout.

LISETTE.

Dequoi vous plaignez-vous?

ANGELIQUE.

Dequoi je me plains? N'est-ce pas une chose horrible que je ne sois que la femme d'un Notaire.

LISETTE.

Ouy, & d'un Notaire qui s'appelle Monsieur Simon encore, cela est chagrinant, je vous l'avoue, & vous n'avez ni l'air, ni les manieres d'une Madame Simon.

ANGELIQUE.

N'est-il pas vrai que j'étois née pour être tout au moins Marquise, Lisette?

LISETTE.

Assurément. Mais aussi, Madame, ne faites-vous pas comme si vous l'étiez.

ANGELIQUE.

Non vraiment, ma pauvre Lisette, je n'ose médire de personne, je ne puis risquer la moindre petite querelle avec des Femmes qui me déplaisent. Je suis privée du plaisir de me moquer de mille ridicules: Enfin, Lisette, quand on a de l'esprit, il est bien fâcheux, faute de rang & de naissance, de ne pouvoir le mettre dans tout son jour.

LISETTE.

Hé pourquoi vous contraindre, qui vous retient, abandonnez-vous toute à vôtre genie, commencez par donner à joüer, recevez grand monde; il y a mille Bourgeoises des plus roturieres qui n'ont pas d'autre titre pour faire les Femmes de consequence.

ANGELIQUE.

Hé bien n'en parlons plus, Lisette, ç'en est fait, me voila determinée.

LISETTE.

Nous avons déja dans nos interêts un Commissaire, Madame, le Mari d'Araminte, & ce n'est pas peu de chose à Paris pour des joüeuses de profession, que la faveur d'un Commissaire.

ANGELIQUE.

Ne comptons point trop là-dessus, le Mari d'Araminte est un homme fort extraordinaire, & qui n'aime point à faire plaisir à sa Femme.

LISETTE.

Il n'importe, je veux vous ménager sa protection moi, laissez-moi faire. Ce qui m'embarasse le plus, c'est que nous ne nous ne sommes bien en argent comptant.

ANGELIQUE.

Et que je ne sçai quel tour faire à mon Mari pour en attraper; l'affaire de mon diamant l'a déja mis dans une colere épouvantable.

LISETTE.

Il commence pourtant à croire que vous l'avez en effet perdu, & il me semble que nous pourrions à present risquer de le vendre.

ANGELIQUE.

Point du tout, il a fait courir des billets chez les Orfévres.

LISETTE.

Hé bien mettons-le en gage, Madame, c'est de l'or en barre.

ANGELIQUE.

Je suis trop lasse des usuriers.

LISETTE.

Vous avez pourtant l'air d'en avoir encore long-tems affaire.

SCENE VI.

ANGELIQUE, LISETTE, JASMIN.

JASMIN.

MAdame Amelin, vôtre Marchande de Modes......

LISETTE.

C'est de l'argent qu'elle vous demande.

ANGELIQUE.

Je n'en ai point à lui donner.

LISETTE.

Comment faire?

ANGELIQUE.

Il me prend envie de lui en emprunter, Lisette : elle est fort riche cette Madame Amelin.

LISETTE.

Lui en emprunter, vous n'y songez pas.

ANGELIQUE.

Pourquoi non, c'est une commission que je te donne.

LISETTE.

A moi, Madame.

ANGELIQUE.

A toi-même. Voila ce diamant que mon Mari croit perdu, tu as de l'esprit.

LISETTE.

J'ai de l'esprit, mais Madame Amelin. . . . . .

ANGELIQUE.

Elle aura interêt de me faire trouver de l'argent pour être payée.

LISETTE.

La voici.

SCENE VII.

ANGELIQUE, MADAME AMELIN, LISETTE.

ANGELIQUE.

HE' bonjour, Madame Amelin, il y a mille ans que je ne vous ai veuë, & cependant je suis sur vos parties.

M. AMELIN.

Oh Madame, ce n'est pas là ce qui m'ameine ici.

LISETTE.

Bonjour Madame Amelin.

ANGELIQUE.

Combien vous dois-je, Madame Amelin ?

M. AMELIN.

J'ai là vos parties, Madame, si vous vouliez bien prendre la peine....

ANGELIQUE.

Volontiers, je n'aime point à devoir.
Elle dit
Premierement, pour avoir garnie l'épaule gauche de Madame..... Vous vous moquez, Madame Amelin, ce n'est pas là mon memoire.

M. AMELIN.

Je vous demande pardon, Madame, c'est celui d'une Comtesse dont je ne puis tirer d'argent. Je lui ay depuis six mois fourni trois paires de hanches, il n'y a pas moyen que j'en sois payée.

LISETTE.

Ce sont pourtant là des choses qu'on devroit payer comptant, pour ne pas faire crier les Marchands.

M. AMELIN.

Voila vôtre memoire, Madame.

ANGELIQUE.

Voyons. *Pour l'idée d'une coëffure extraordinaire.* Ah je me reconnois à la coëffure: mais vôtre memoire est furieuſement long, vous croyez que je lirai tout cela, Madame Amelin, je ſuis trop pareſſeuſe.

M. AMELIN.

Voyez ſeulement le total, Madame, s'il vous plaît.

ANGELIQUE.

Somme totale, trois cens dix livres.

LISETTE.

Il n'y a que trois cens dix livres. En verité, Madame, il vous en coûte bien peu pour être mieux miſe que les autres.

ANGELIQUE.

Liſette, allez dire à mon homme d'affaires qu'il vous donne trois cens dix livres, dépêchez, n'entendez-vous pas? trois cens dix livres, cela eſt-il ſi difficile à comprendre.

LISETTE.

Non, Madame, je comprens fort bien trois cens dix livres.

ANGELIQUE.

Hé bien puiſque vous comprenez, cela ſuffit, allez vîte.

LISETTE.

Voila de l'argent bien comptant pour Madame Amelin.

SCENE VIII.

ANGELIQUE, MADAME AMELIN.

ANGELIQUE.

LE commerce que vous faites vous donne bien de la peine, Madame Amelin.

M. AMELIN.

Ouy, Madame, & l'on ne gagne pas grand chose, comme vous voyez.

ANGELIQUE.

La pauvre femme. Vous faites quelquefois des pertes considerables?

M. AMELIN.

Il m'est dû plus de dix mille livres, dont je n'aurai jamais dix pistoles.

ANGELIQUE.

La pauvre Femme. Vous avez beaucoup d'enfans, Madame Amelin?

M. AMELIN.

Je n'ai qu'un grand garçon, qui me fera mourir de chagrin, je pense.

ANGELIQUE.

Comment donc?

M. AMELIN.

Je ne sçai où il prend de l'argent ; mais il est toujours avec de belles Dames : il jouë avec de grands Seigneurs, & il dit à tous ceux qui me connoissent que je ne suis que sa mere nourrice.

ANGELIQUE.

En verité voila un mauvais petit caractere.

M. AMELIN.

Helas ! Madame, c'est comme tout le monde est aujourd'hui. On veut paroître ce qu'on n'est pas, & c'est ce qui perd bien de la jeunesse.

ANGELIQUE.

Elle a raison.

M. AMELIN.

A cela prés Janot est bon garçon, & je ne puis m'empêcher de l'aimer.

ANGELIQUE.

Elle parle à merveille. Adieu Madame Amelin, une petite affaire m'oblige à vous quitter. Lisette va vous apporter vôtre argent.

M. AMELIN.

Madame, je vous suis bien o'

SCENE IX.

M. AMELIN *seule.*

AH que voila une brave Dame, ne se pas donner seulement la peine de lire des parties. Si toutes les autres étoient comme elle, j'aurois bien-tôt dequoi faire rouler un bon carosse.

SCENE X.

LE CHEVALIER, M. AMELIN.

LE CHEVALIER.

JE ne sçai si Lisette aura déja donné à Mariane le Billet.... .

M. AMELIN.

Misericorde, que vois-je!

LE CHEVALIER.

Ah Ciel!

M. AMELIN.

Je ne me trompe point, c'est Jannot.

Hé

Hé mon cher enfant, que viens-tu faire ici ?

LE CHEVALIER.

Quelle rencontre !

M. AMELIN.

Comme le voila brave. Tu as beau faire Jannot, je suis ta mere, & quoique tu sois un méchant enfant, bon sang ne peut mentir, je t'aime toujours, Jannot, mon pauvre Jannot.

LE CHEVALIER.

Il ne me pouvoit arriver une avanture plus cruelle.

M. AMELIN.

Qu'il a bonne mine ! Mais est-il possible que j'aye fait ce garçon là.

LE CHEVALIER.

Vous perdez toutes mes affaires.

M. AMELIN.

Comment, quelles affaires, Jannot.

LE CHEVALIER.

Hé ne m'apellez point ici de ce nom, je vous en conjure.

M. AMELIN.

Quoi, qu'est ce à dire, n'es-tu pas mon enfant ? ne voudrois-tu point que je t'apellasse Monsieur ? Ecoûte, je sçai les contes que tu fais, tu as honte de m'apeller ta mere.

LE CHEVALIER.

Non, je vous aime, je vous respecte; mais si vous me faites connoître ici,.. vous ruïnez les plus belles esperances du monde.

M. AMELIN.

Quelles esperances?

LE CHEVALIER.

Un mariage considerable.... Nous ne sommes point en lieu de nous expliquer.

M. AMELIN.

Mon cher enfant.

LE CHEVALIER.

Hé de grace......

M. AMELIN.

Mais dis-moi donc......

LE CHEVALIER.

J'irai chez vous dans un moment vous informer de toutes choses.

M. AMELIN.

Ah! qu'il y aura de gens fâchez dans le quartier, si c'est tout de bon que Jannot fait fortune.

LE CHEVALIER.

Voici quelqu'un, contraignez-vous, & ne me trahissez point, je vous prie.

SCENE XI.

LE CHEVALIER, M. AMELIN, LISETTE.

LE CHEVALIER.

HE' bonjour ma pauvre Lisette.

LISETTE.

Comment donc vous êtes seul, Monsieur le Chevalier ?

M. AMELIN.

Monsieur le Chevalier !

LE CHEVALIER.

Ne sçachant à qui m'adresser, en t'attendant j'allois faire connoissance avec Madame.

M. AMELIN.

Le joli garçon ! il est effronté comme un Page.

LE CHEVALIER.

Qui est cette femme, Lisette ?

LISETTE.

C'est une espece de Marchande qui fournit des Modes à Madame.

LE CHEVALIER.

Frontin t'a-t'il donné un Billet ?

LISETTE.

Oüy ; mais je n'ai point vû Mariane.

LE CHEVALIER.

Ah juste Ciel !

M. AMELIN.

Qu'il entend bien cela.

LISETTE.

Ne voulez-vous pas voir Madame ?

LE CHEVALIER.

Ma vie & ma fortune sont en tes mains, ma chere Lisette.

LISETTE.

Entrez, entrez, je vous en rendrai bon compte.

M. AMELIN.

Comme il les attrape.

LE CHEVALIER.

Adieu Madame.

M. AMELIN.

Monsieur vôtre tres-humble servante.

SCENE XII.

MADAME AMELIN, LISETTE.

M. AMELIN.

VOila un aimable petit Gentilhomme.

LISETTE.

Il vous revient assez à ce qu'il me semble.

M. AMELIN.

J'aime les gens de qualité, c'est mon foible ; ils ont toujours de petites manieres qui les distinguent, & l'on fait bien son compte avec eux, n'est-il pas vrai ?

LISETTE.

Le bon temps est passé, Madame Amelin, les gens de qualité n'ont point aujourd'hui d'argent de reste, Voila Madame, par exemple.....

M. AMELIN.

Hé bien ?

LISETTE.

Elle ne vous doit que trois cens dix livres.

M. AMELIN.

Hé bien ?

LISETTE.

Hé bien, il n'y a pas de fonds pour vous les payer.

M. AMELIN.

Qu'est-ce à dire, il n'y a pas de fonds pour trois cens dix livres ?

LISETTE.

C'est une malice de nôtre homme d'affaires, qui n'aime point à donner de l'argent.

M. AMELIN.

La vilaine chose qu'un homme d'affaires.

LISETTE.

Vous êtes bienheureuse que ce ne soit pas un Intendant, vous attendriez bien davantage.

M. AMELIN.

Mais Madame jouë quelquefois, & quand elle gagne.....

LISETTE.

Oh quand elle gagneroit mille pistoles, elle aimeroit mieux mourir que d'en acquiter la moindre dette ; c'est une chose sacrée que l'argent du jeu, diantre ce sont des fonds pour le plaisir, où l'on ne touche point pour le necessaire.

M. AMELIN.

Comment ferons-nous donc ?

LISETTE.

Si vous étiez Femme d'accommodement, Madame Amelin.

M. AMELIN.

Hé bien?

LISETTE.

Madame a besoin de cent Loüis, elle vous en doit trente, faites lui prêter six cens écus, elle vous payera vos trois cens dix livres.

M. AMELIN.

L'accommodement est admirable, vous vous moquez de moi, je pense.

LISETTE.

Non, je ne me moque point. Voila un Diamant de trois cens pistoles qu'on vous donneroit pour nantissement; voyez si le parti vous accommode.

M. AMELIN.

Un diamant, ah c'est autre chose. Et quand lui faut-il cet argent?

LISETTE.

Dans le moment même si cela se peut.

M. AMELIN.

Passez chez moi dans un quart d'heure; & aportez la bague, vous trouverez vôtre argent tout compté. Adieu Mademoiselle Lisette.

SCENE XII.

LISETTE *seule.*

ADieu Madame Amelin. Nous aurons donc de l'argent comptant, & nous donnerons à joüer, Dieu merci. Tout se dispose à merveilles pour ma petite fortune. La passion du Chevalier, l'humeur de ma Maîtresse, qui ne songe qu'à ruiner son Mari : elle achette cher, vend à bon marché, met tout en gage ; je suis son Intendante. Voila comme les Maîtresses deviennent soubrettes, & comme les soubrettes deviennent quelquefois Maîtresses à leur tour.

Fin du premier Acte.

ACTE II.

SCENE PREMIERE.

ANGELIQUE, LE CHEVALIER.

ANGELIQUE.

MAis quelle distraction, Chevalier, vous paroissez embarassé, vous me répondez sans faire attention à ce que vous dites.

LE CHEVALIER.

Je songe à la passion de Monsieur vôtre Mari pour Amarinte, Madame.

ANGELIQUE.

S'il étoit un peu moins vilain, & qu'Araminte eut l'esprit. ....

LE CHEVALIER.

Pour l'esprit d'Araminte, j'ose quasi vous en répondre, & malgré l'avarice de vôtre Epoux, si vous n'êtiez point un peu trop interessée dans les dépenses qu'il pourroit faire ....

ANGELIQUE.

Interessée dans ses dépenses moi ? qu'on le ruine, Chevalier, pourvû que j'en profite, je n'y prendrai d'autre interêt que celui de partager ses dépoüilles.

LE CHEVALIER.

En verité, Madame, vous êtes une Femme de bon esprit.

ANGELIQUE.

Cela nous mettroit en fond pour l'établissement de jeu que nous voulons faire.

LE CHEVALIER.

Vous avez raison.

ANGELIQUE.

Que vous veut Frontin ?

SCENE II.

ANGELIQUE, LE CHEVALIER, FRONTIN.

LE CHEVALIER.

As-tu quelque chose à me dire ?

FRONTIN.

L'affaire des deux mille écus va mal, Monsieur, on decrete.

ANGELIQUE.

Que dit-il ?

LE CHEVALIER.

Je ne sçai, Madame. Veux-tu parler haut.

FRONTIN.

Monsieur.....

LE CHEVALIER.

Hé bien, Monsieur.

FRONTIN.

Je vous dis Monsieur que. ....

LE CHEVALIER.

L'impertinent. Quelqu'un m'attend au logis, n'est-ce pas ?

FRONTIN.

Oüy, Monsieur, justement, deux Marquises, une Comtesse, un Partisan, trois Abbez autant de faineants ; ce Commis de la Doüane, & ce petit Epicier sont au logis qui vous attendent.

LE CHEVALIER.

Ce maraut là fait toujours mistere de rien. Ce sont des gens qui me persecutent, Madame, pour sçavoir quand on commencera à joüer chez vous.

ANGELIQUE.

Allez vîte leur dire que nous ouvrirons demain sans faute, Chevalier.

LE CHEVALIER.

Mais, Madame. . . . .

ANGELIQUE.

Ne faites point façon de me laisser seule, je ne serai pas long-temps sans compagnie.

SCENE III.

ANGELIQUE, JASMIN.

ANGELIQUE.

HOla Jasmin.

JASMIN.

Que vous plaît-il, Madame.

ANGELIQUE.

Qu'on dise à Mariane de descendre.

JASMIN.

Son Maître de Claveſſin est avec elle.

ANGELIQUE.

Lisette ne revient point de chez Madame Amelin. Cette folle d'Araminte me fait attendre. La fatigante chose que le moindre moment d'inquietude.

SCENE IV.

ANGELIQUE, LISETTE.

ANGELIQUE.

AH te voila, tu as bien tardé.

LISETTE.

C'est l'impatience d'avoir de l'argent qui vous a fait trouver le tems si long.

ANGELIQUE.

M'en aportes-tu ?

LISETTE.

Madame Amelin a pris ses trois cens dix livres : voila ce qui vous reste des six cens écus.

ANGELIQUE.

Prenons bien garde que mon Mari ne soupçonne rien de tout ceci, Lisette.

LISETTE.

Que vous êtes bonne, Madame.

ANGELIQUE.

Je lui épargne ces sortes de petits chagrins autant qu'il m'est possible.

LISETTE.

Et cependant il se plaint encore.

ANGELIQUE.

Tous les hommes en sont logez là, ce sont des animaux grondans que les Maris.

LISETTE.

Que vous les définissez bien.

ANGELIQUE.

Je les connois, le mien me divertit quelquefois avec son humeur bouruë, & je voudrois qu'il lui prit envie de quereller aujourd'hui pour me desennuyer.

LISETTE.

C'est un plaisir qu'il est facile de vous faire avoir, & je me charge de cela, moi.

ANGELIQUE.

Des coëffes Lisette, une écharpe.

LISETTE.

Où allez-vous donc.

ANGELIQUE.

Je vai dépenser de l'argent, puisque j'en ai. J'ai besoin de mille choses, des tables, des cornets, des dez, & des cartes. Il faut de tout cela dans une maison où l'on veut recevoir compagnie.

LISETTE.

Nous allons donc bien nous réjoüir.

ANGELIQUE.

Le mieux du monde. j'attens Araminte, je veux qu'elle m'aide à faire toutes mes empletes.

LISETTE.

Vous n'attendrez pas long-tems, la voici.

SCENE V.

ANGELIQUE, ARAMINTE, LISETTE.

ARAMINTE.

HE' bonjour mon aimable petite.

ANGELIQUE.

Ma chere bonne, comment te portes-tu?

ARAMINTE.

Comme une Femme qui n'a pas dormi vingt-quatre heures.

LISETTE.

Vous voila pourtant bien éveillée.

ANGELIQUE.

Qui a donc troublé ton repos?

ARAMINTE.

Ne t'allarmes point, ce n'est pas ton Mari, je ne l'aime pas au moins.

ANGELIQUE.

Tu as fait une belle conquête, & je t'en felicite.

ARAMINTE.

Il ne tient qu'à moi de le ruiner, tout ſon bien eſt à mon ſervice.

LISETTE.

Hé mort de ma vie prenez toujours à bon compte, il n'y a point de mal à ruiner un Mari quand ſa femme partage les revenans bon de l'avanture.

ARAMINTE.

Qu'il ne ſçache pas que vous êtes mes confidentes, je vous prie.

ANGELIQUE.

Je n'abuſerai pas de ton ſecret. A quoi as-tu paſſé la nuit ?

ARAMINTE.

A chercher dans ma tête tous les moyens imaginables de faire enrager mon Mari.

LISETTE.

Voila un amuſement fort agreable.

ANGELIQUE.

Ah ces idées t'ont fait plaiſir, je ne m'étonne plus de te voir un ſi bon viſage.

ARAMINTE.

C'eſt un homme qui perd l'eſprit, & qui me le fait perdre. Il veut & ne veut plus dans le moment même. Tantôt complaiſant juſques à l'excés, puis auſſi-tôt brutal à la fureur : quelquefois content d'une choſe qui lui déplaît un quart d'heure aprés. Il querelle toujours ſans ſujet, & pour vivre en repos avec lui on ne ſçait jamais quel partit prendre.

ANGELIQUE.

Voila des inégalitez impardonnables.

ARAMINTE.

Il faut que vous m'aidiez à le rendre raiſonnable, & à me vanger de ſes caprices.

LISETTE.

Que ce ſoit donc en tout bien & en tout honneur : pour mettre un Mari à la raiſon on s'en écarte quelquefois, & ces biais là ne vallent jamais rien, quoiqu'ils ſoient les plus à la mode.

ARAMINTE.

Pour moi je ne ſçaurois mieux faire enrager mon bourru qu'en lui attrapant de l'argent.

LISETTE.

En ce cas nous ſommes de la partie. Un Mari fâcheux & avare eſt un ennemi public, contre qui toutes les Femmes ont interêts de ſe declarer : ç'a voyons, comment faut-il s'y prendre ?

ANGELIQUE.

Nous le verrons tantôt. Tu as la bas un caroſſe.

ARAMINTE.

Oüy vraiment, où veux-tu aller?

ANGELIQUE.

Je te le dirai, ſortons enſemble.

ARAMINTE.

Que Liſette vienne donc avec nous, tout en roulant nous parlerons de nos affaires.

LISETTE.

Non pas, s'il vous plaît, j'ai ici les miennes, & vous vous paſſerez bien de moi.

ANGELIQUE.

Tu n'as qu'à me dire tes projets, je te ferai confidence des miens, & nous trouverons moyen de les mettre en œuvre.

LISETTE.

Et je corrigerai le plan moi, s'il en eſt beſoin.

ARAMINTE.

Adieu Liſette.

SCENE VI.

LISETTE *seule.*

LEs aimables petites personnes. Elles vont tenir entr'elles un petit conseil contre leurs Maris, & sans cela que feroient-elles. Grace à l'avarice & à la bizarrerie des hommes, c'est aujourd'hui la plus necessaire occupation qu'ayent les Femmes. Mais voici Mariane fort à propos, n'ai-je point perdu le Billet du Chevalier, non. Sçachons un peu ce qu'elle a dans l'ame avant que de lui parler de cette affaire.

SCENE VII.

LISETTE, MARIANE.

MARIANE.

QUe me veut ma belle-mere, Lisette; on m'a dit qu'elle me demande?

LISETTE.

Elle vient de sortir, & apparemment elle ne vous vouloit rien de fort pressé.

MARIANE.

Je venois lui donner le bonjour, & je retourne dans ma chambre.

LISETTE.

Hé non, non, je vous veux quelque chose moi, & Madame n'avoit rien de si interessant à vous dire.

MARIANE.

Dépêche-toi donc, tu sçais bien que mon Pere ne veut pas que je te parle, & qu'il dit que tu me gâtes.

LISETTE.

Moi je vous gâte! il est bien injuste de vous donner ces mauvaises impressions.

MARIANE.

Oh ne te fâches point, je ne le croi pas; mais ses remontrances perpetuelles me chagrinent terriblement.

LISETTE.

Et quelles remontrances peut-il faire?

MARIANE.

Je ne sçai; comme je ne les merite point, je ne les écoute pas le plus souvent, & quand il a bien long-temps parlé, il me semble que je n'ai entendu que du bruit.

LISETTE.

Ah puiſque vous prenez ſi bien les choſes, vous n'êtes pas ſi fort à plaindre.

MARIANE.

Je ne ſuis pas à plaindre ! Eſt-il agreable à mon âge de vivre éternellement dans la ſolitude ; je n'ai pour toute compagnie que des Maîtres qui ne m'aprennent que des choſes inutiles, la Muſique, la Fable, l'Hiſtoire, la Geographie, cela n'eſt-il pas bien divertiſſant.

LISETTE.

Cela vous donne de l'eſprit.

MARIANE.

N'en ay-je pas aſſez ; ma belle-mere nê ſçait point toutes ces choſes, & elle vit heureuſe.

LISETTE.

Sa deſtinée vous fait donc envie.

MARIANE.

Oüy, je te l'avouë, & ſi elle vouloit, au hazard d'être tous les jours grondée de mon Pere, je lui promettrois de ne la quitter de ma vie.

LISETTE.

Quoi pas même pour être mariée ?

MARIANE.

Oh c'eſt autre choſe ; quand je ſerai mariée nê ſerai-je pas la Maîtreſſe, & ne ſerai-je pas comme elle tout ce que je voudrai.

LISETTE.

Selon le Mari que vous prendrez.

MARIANE.

Comment ſelon, oh je veux un bon mari, ou je n'en veux point.

LISETTE.

Mais ſi vôtre Pere vous en veut donner un à ſa fantaiſie?

MARIANE.

Je ne le prendrai point s'il n'eſt à la mienne.

LISETTE.

Fort bien, & vôtre belle-mere ſi elle vous propoſoit....,

MARIANE.

Mais, Liſette, un Mari de ſa main me conviendroit aſſez, je penſe.

LISETTE.

Et de la mienne craindriez-vons d'être trompée?

MARIANE.

De la tienne?

LISETTE.

Oüy, parlez.

MARIANE.

Hom, je devine ce que tu me veux, Liſette.

LISETTE.

Vous le devinez.

MARIANE.

Oh que oüy, cela n'est pas bien difficile.

LISETTE.

Et que devinez vous encore ?

MARIANE.

Que quelqu'un est amoureux de moi, & qu'on t'a priée de me le dire.

LISETTE.

Cela est admirable.

MARIANE.

Et c'est pour sçavoir ce que je pense que tu me parles de mariage ?

LISETTE.

Quelle vivacité !

MARIANE.

Oh je ne suis plus une petite fille, & quoique je ne voye pas le monde, quand je suis seule je rêve à bien des choses ? Mais dis vîte, qu'as-tu à me faire sçavoir ?

LISETTE.

Hé puisque vous êtes si habile, ne pouvez-vous pas deviner le reste.

MARIANE.

J'aurois trop à rougir, Lisette, si mes conjectures n'étoient pas justes.

LISETTE.

Oh pour le coup je devine à mon tour,

& je ne suis pas moins penetrante que vous.

MARIANE.

Et que penetres-tu ?

LISETTE.

Que vous êtes amoureuse.

MARIANE.

Paix Lisette.

LISETTE.

Ne craignez rien, personne ne peut nous entendre.

MARIANE.

Ne m'impatiente donc point, je t'en conjure. Serieusement que me veux-tu ?

LISETTE.

Vous rendre un petit Billet.

MARIANE.

Un Billet !

LISETTE.

Ouy. Voyez si cela vous accommode.

MARIANE.

S'il n'est pas de Monsieur le Chevalier, je ne le veux point voir Lisette.

LISETTE.

Hé voyez-le, il est de lui-même ; l'heureuse chose que la simpathie. Hé bien ? comment le trouvez-vous ? son stile ?

MARIANE.

Il écrit comme ses yeux parlent, ils m'avoient

m'avoient déja dit tout ce qui est dans sa lettre.

LISETTE.

Mais les vôtres n'ont point fait réponse, & c'est une réponse dont il est question.

MARIANE.

Mais Lisette. ....

LISETTE.

Quoi mais ? c'est un Mari de ma main, qu'avez-vous à dire, allez vîte récrire seulement.

MARIANE.

Sera-t'il de la bienseance..... ?

LISETTE.

Comment de la bienseance ? on vous aime, vous aimez ; on vous écrit, vous faites réponse; ya-t-il rien là qui ne soit dans les formes.

MARIANE.

Ecrire à un homme !

LISETTE.

Le grand malheur : ah que de façons pour une petite personne qui devine si juste, ne vous en fiez-vous pas bien à moi, je sçai les régles comme celui qui les a faites.

MARIANE.

J'entens quelqu'un.

LISETTE.

C'est Monsieur le Commissaire.

MARIANE.

Le Mari d'Araminte?

LISETTE.

Lui-même. Ne perdez point de temps, allez faire réponse.

SCENE VIII.

MONSIEUR GRIFFARD, LISETTE.

M. GRIFFARD.

Bonjour, ma chere enfant.

LISETTE.

Monsieur je suis vôtre tres-humble servante.

M. GRIFFARD.

Ta belle Maîtresse est-elle visible, & Monsieur le Notaire est-il au logis?

LISETTE.

Il n'y a personne Monsieur depuis le matin; Monsieur est en ville, & Madame vient de sortir avec Madame vôtre Epouse.

M. GRIFFARD.

Le hazard m'est bien favorable, Je suis

ravi de te trouver seule, Lisette, & j'ai mille choses à te dire.

LISETTE.

Me voila prête à vous écoûter. Voila un bourru bien radouci, à ce qu'il me semble.

M. GRIFFARD.

Comment ton Maître & ta Maîtresse vivent-ils ensemble, dis.

LISETTE.

Comme un Mari & une Femme. Ils sont toujours fâchez, se querellent souvent, se raccommodent peu, boudent sans cesse, se plaignent fort l'un de l'autre, & peut-être ont tous deux raison. C'est tout comme chez vous enfin, & n'est-ce pas par tout de même?

M. GRIFFARD.

Mais quel parti prens-tu dans leurs differens toi?

LISETTE.

Quel parti moi? Je suis pour Madame; & si vous voulez que je vous parle net, je ne croi pas qu'un Mari puisse avoir raison.

M GRIFFARD.

J'en conviens, il y a des gens insupportables.

LISETTE,

De petits bourrus éternels, par exemple.

M. GRIFFARD.

Il est vrai.

LISETTE.

Qui ne sont faits que pour damner le genre humain.

M. GRIFFARD.

Et pour se tourmenter eux-mêmes.

LISETTE.

Toujours grondans, de mauvaise humeur.

M. GRIFFARD.

C'est une chose horrible.

LISETTE.

Si j'avois un mari comme cela je lui ferois voir bien du païs, sur ma parole.

M. GRIFFARD.

Que ne donnes-tu ces conseils à ta Maîtresse, Lisette.

LISETTE.

Et si vôtre femme qui ne sa quitte point les prenoit pour elle?

M. GRIFFARD.

Tu me crois donc de ces insuportables.

LISETTE.

Hé vous n'êtes pas le moins capricieux mortel que je connoisse.

M. GRIFFARD.

Si tu sçavois la cause de mes caprices, tu serois la premiere à les excuser.

LISETTE.

Cela ſe pourroit, je ſuis fort humaine, & je voudrois de tout mon cœur que vous euſſiez raiſon.

M. GRIFFARD.

Non, tu n'es pas de mes amies.

LISETTE.

Où ce petit reproche nous menera-t-il?

M. GRIFFARD.

Tu as du pouvoir ſur l'eſprit de ta Maîtreſſe.

LISETTE.

Je ne vous entens point.

M. GRIFFARD.

J'entre comme elle dans tous les chagrins qu'on lui donne.

LISETTE.

Cela eſt obſcur.

M. GRIFFARD.

Et ſi elle ſçavoit combien je m'y intereſſe, elle ſeroit ſenſible à ceux qu'elle me cauſe.

LISETTE.

C'eſt de l'Hebreu, je n'y comprens rien.

M. GRIFFARD.

Si tu voulois l'en inſtruire, Liſette, je ne ſerois point ingrat d'un ſi bon office.

LISETTE.

Vous vous rendez un peu plus intelligible.

M. GRIFFARD.

J'en mourrois quitte sur ma parole.

LISETTE.

On meurt subitement quelquefois.

M. GRIFFARD.

De peur d'accident voila ma bourse que je te prie de garder pour l'amour de moi.

LISETTE.

Il n'y a rien de plus clair que ce que vous me dites, un Commissaire qui donne sa bourse est terriblement amoureux.

M. GRIFFARD.

Me promets-tu de parler en ma faveur?

LISETTE.

Je comprens vôtre affaire à merveilles, vous dis-je, vous n'aimez point vôtre Femme.

M. GRIFFARD.

C'est une folle qui me fait enrager.

LISETTE.

Celle de vôtre voisin vous plaît davantage,

M. GRIFFARD.

N'est-elle pas la plus charmante personne du monde.

LISETTE.

Assurément, c'est grand dommage qu'on ne puisse troquer de Femmes, qu'il y auroit de troqueurs au monde; mais comme cela n'est pas tout-à-fait permis, prenez garde à vous, Monsieur le Commissaire.

M. GRIFFARD.

Ah pour moi je ne demande que l'estime de ta Maîtresse.

LISETTE.

Il n'y a rien de plus honnête.

M. GRIFFARD.

Qu'elle me regarde comme le meilleur ami qu'elle puisse avoir.

LISETTE.

Il n'y a que de la délicatesse dans cette passion.

M. GRIFFARD.

Qu'elle dispose absolument de mon bien, de ma vie.

LISETTE.

Vous m'attendrissez trop, Monsieur.

M. GRIFFARD.

Je sacrifierai toujours tout pour lui plaire.

LISETTE.

Je vai pleurer.

M. GRIFFARD.

Qu'elle sçache tout cela, Lisette.

LISETTE.

Elle le sçaura, je vous en répons. J'entens son Mari. Remettez-vous un peu, vous voila tout hors de vous-même.

M. GRIFFARD.

Je ſuis trop émû, je ne veux point qu'il me voye, cache-moi dans le cabinet de ta Maîtreſſe.

LISETTE.

Dans ſon cabinet, vous y étoufferiez d'amour.

M. GRIFFARD.

Mais.....

LISETTE.

Mais deſcendez par ce petit eſcalier, & allez prendre l'air, vous en avez beſoin ſur ma parole. Ma foi l'avanture eſt trop droſle, & voila de quoi bien divertir nos faiſeuſes d'emplettes.

SCENE IX.

MONSIEUR SIMON, LISETTE.

M. SIMON.

AH te voila coquine, que fait ma femme ?

LISETTE.

Le beau debut, elle eſt ſortie.

M. SIMON.

Déja sortie, à l'heure qu'il est elle n'est pas éveillée le plus souvent.

LISETTE.

Il faut aparemment qu'elle ait aujourd'hui des affaires plus pressantes que de coûtume.

M. SIMON.

Des affaires pressantes ! Oh si elle ne change ses manieres......

LISETTE.

Et pourquoi les changer, puisqu'elle s'en trouve bien : elle n'en fera rien, Monsieur, je vous assure.

M. SIMON.

Elle s'en trouve bien, mais je n'en suis pas content moi.

LISETTE.

C'est que vous êtes furieusement difficile ; car enfin qu'y a t'il donc de si extraordinaire dans sa conduite ?

M. SIMON.

Ce qu'il y a d'extraordinaire ?

LISETTE.

Une Femme qui ne fait pas le moindre embarras dans vôtre maison.

M. SIMON.

Elle n'y vient que pour dormir.

LISETTE.

L'entendez-vous jamais quereller ?

M. SIMON.

Comment l'entendrois-je, je ſuis quelquefois quinze jours ſans la voir.

LISETTE.

La grande merveille ! vous dormez quand elle revient, vous voûlez la voir quand elle dort, ou vous êtes ſorti quand elle s'éveille, le moyen de vous rencontrer.

M. SIMON.

Et c'eſt cela dont je me plains, au lieu de prendre le ſoin de ſon ménage.....

LISETTE.

De ſon ménage, Monſieur ! eſt-ce que vous voudriez qu'elle s'abaiſſaſt à ces ſortes de bagatelles, & eſt-ce pour cela que l'on prend aujourd'hui des Femmes ?

M. SIMON.

Aſſurément.

LISETTE.

Bon.

M. SIMON.

Comment bon ?

LISETTE.

Hé fy, Monſieur, vous êtes Notaire, & vous ne ſçavez pas la coûtume de Paris.

M. SIMON.

Mais quelle demeure au moins dans ſa

maison, qu'elle y reçoive compagnie, qu'elle voye.... Araminte, par exemple, c'est une Femme raisonnable que celle-là.

LISETTE.

Assurément.

M. SIMON.

Je ne lui demande autre chose que de demeurer chez elle.

LISETTE.

Mais vraiment il n'y a rien de plus raisonnable; il faudra bien qu'elle le fasse; allons, tâchez de la persuader.

M. SIMON.

Je n'en viendrai point à bout si je ne querelle.

LISETTE.

Hé bien il y a long-temps que vous n'avez querellé à ce qu'il me semble.

M. SIMON.

Depuis l'affaire du diamant....

LISETTE.

Depuis le diamant, il y a un siecle.

M. SIMON.

Aussi je créve, & l'on ne sçait pas tout ce que je souffre.

LISETTE.

Oh querellez, Monsieur, querellez cela vous soûlagera, dés qu'elle sera venuë j'aurai soin de vous faire avertir.

M. SIMON.

N'y manque pas au moins.

LISETTE.

Ne vous mettez pas en peine, je veux vous aider aussi à la quereller moi, & je vous répons quasi de la reduire.

M. SIMON.

Que je t'aurois d'obligation!

LISETTE.

Allez vous preparer, Monsieur, allez: Ah que les pauvres Maris sont bien nez pour être dupes! il va quereller sa Femme pour lui faire faire une chose qu'elle souhaite, & dont il aura peut-être plus à enrager que de tout ce qu'elle a jamais pû faire.

Fin du second Acte.

ACTE III.

SCENE PREMIERE.

MARIANE, LISETTE.

MARIANE.

SI tu ne crois pas qu'il m'aime tout de bon, ne lui donne pas mon Billet, Lisette.

LISETTE.

Laissez-moi faire.

MARIANE.

Qu'il te le rende aprés l'avoir lû.

LISETTE.

Ne vous mettez pas en peine.

MARIANE.

Ne parle de rien à ma belle-mere.

LISETTE.

Non.

MARIANE.

Quand nous nous aimerons davantage ; nous lui en ferons confidence.

LISETTE.

C'est fort bien dit.

MARIANE.

Au moins, comme c'est toi qui me fais faire tout ceci, s'il m'en arrivoit quelque chagrin dans la suite, c'est à toi que je m'en prendrois.

LISETTE.

Je me charge de tout.

MARIANE.

Je suis toute jeune, & tu as de l'experience; c'est à toi de me bien conduire.

LISETTE.

Mort de ma vie quelle innocente.

MARIANE.

Mais tout de bon, est-il vrai qu'il m'aime, dis Lisette?

LISETTE.

C'est moi qui vous le dis, & vous en doutez?

MARIANE.

Je voudrois bien qu'il me le dist lui-même.

LISETTE.

On ménagera des momens pour cela.

SCENE II.

MARIANE, LISETTE, JASMIN.

JASMIN.

VOstre Maître de Geographie vous attend, Mademoiselle.

MARIANE.

Ah que je ſuis laſſe de tous ces Maîtres-là, Liſette.

LISETTE.

On vous en débaraſſera.

MARIANE.

Ne me laiſſe donc point tromper, c'eſt tout ce que je te demande.

LISETTE.

Allez vîte, voici quelqu'un, il ne faut pas qu'on nous voye enſemble.

SCENE III.

LISETTE, MADAME AMELIN.

LISETTE.

HE' comment, c'eſt Madame Amelin! hé qui vous rameine ici, Madame Amelin.

M. AMELIN.

Ma pauvre Mademoiſelle Liſette, je ſuis furieuſement intriguée.

LISETTE.

Qu'y a-t'il donc?

M. AMELIN.

Je ne ſçai ce que j'ai fait du diamant que vous avez tantôt aporté chez moi, me l'avez-vous laiſſé ma chere enfant?

LISETTE.

Si je vous l'ai laiſſé, Madame Amelin! la queſtion eſt admirable, ſi je vous l'ai laiſſé?

M. AMELIN.

Ne faites point de bruit, ma chere, & n'en parlez point à Madame, il ſe retrouvera; en tout cas il n'y aura que moi qui perdrai; c'eſt mon coquin de fils qui aura mis la main deſſus, ſans doute.

LISETTE.

Comment donc vôtre fils, vous avez des enfans qui ſe portent au bien comme cela, Madame Amelin ?

M. AMELIN.

Que voulez-vous, c'eſt un enfant gâté que Janot, qui fait quelquefois de petites miévretez, & dans le fond pourvû qu'il le mette à bien je ne m'en ſoucie pas.

LISETTE.

Oh à ce compte vous avez raiſon, & Monſieur Janot auſſi, Madame Amelin.

M. AMELIN.

Vous ne ſçavez pas tout ce qu'il ſçait faire; c'eſt un petit drôle qui en ſçait bien long.

LISETTE.

Je n'avois point encore remarqué que Madame Amelin fuſt folle.

M. AMELIN.

Dites-moi un peu ſeulement, il y a ici une grande Fille à marier ?

LISETTE.

Oüy. Pourquoi demandez-vous cela; Madame Amelin ?

M. AMELIN.

Par converſation ſeulement, je n'y prens

aucun interêt, je vous assure; mais elle ne sera point mariée que je ne sois de la Nopce, c'est moi qui vous le dis, qui ne suis que Madame Amelin.

LISETTE.

Vous serez de la Nopce, vous, vous?

M. AMELIN.

Moi, moi. Ne parlez point à Madame de son Diamant, il ne sortira point de la famille. Adieu Mademoiselle Lisette.

SCENE IV.

LISETTE *seule*.

LA bonne Femme a perdu l'esprit, quel galimatias me vient-elle faire? nôtre Diamant perdu, son fils Janot, une fille à marier, elle sera de la Nopce, je croi, Dieu me pardonne, qu'elle veut demander Mariane à son Pere pour ce petit miévre de Janot. La vieille folle.

SCENE V.

LISETTE, FRONTIN.

FRONTIN.

HE' bien où en sommes-nous, Mariane a-t'elle fait réponse, Monsieur le Chevalier est dans une impatience épouvantable.

LISETTE.

Hé que diantre ne vient-il lui-même.

FRONTIN.

Il est avec de jeunes gens de ses amis, qui veulent l'obliger, malgré qu'il en ait, à remonter une compagnie de Cavalerie.

LISETTE.

A remonter une Compagnie!

FRONTIN.

Oüy, mon enfant, une Compagnie que le trois dez & le lansquenet ont démontée. Ces Messieurs pretendent que ce soit Monsieur le Chevalier qui la remonte, il est diablement affairé.

LISETTE.

Il n'y a qu'un moment que Mariane &

moi nous étions ici seules, & peut-être n'aura-t'il de long-temps une si belle occasion de l'entretenir.

FRONTIN.

Tant pis pour lui de l'avoir manquée, ce sont ses affaires, parlons des nôtres. Je t'aime furieusement au moins, & si tu voulois.....

LISETTE.

Tu prens toûjours mal ton temps pour parler d'amour, j'ai à present bien autre chose en tête.

FRONTIN.

Ah, ah, hé quelles affaires importantes te sont survenuës depuis que je t'ai quittée?

LISETTE.

Ce sont des affaires où je prévois que j'aurai besoin d'un associé.

FRONTIN.

Parbleu je suis ton fait, dequoi s'agit-il? je ne te demande que la preference.

LISETTE.

Avant toutes choses dis-moi, te sens-tu de la disposition à ruiner un homme en faveur d'une femme.

FRONTIN.

Ce sont les premiers amusemens de ma jeunesse, mon enfant, & à l'heure que je te parle j'ai deux ou trois affaires en main de cette nature là.

LISETTE.

Hé bien va donc vîte porter à Monsieur le Chevalier ce Billet de Mariane, & reviens ici je te dirai la chose.

FRONTIN.

Non pas, s'il te plaît, je veux la sçavoir avant que de te quitter.

LISETTE.

Monsieur le Chevalier s'impatientera.

FRONTIN.

J'aime mieux qu'il s'impatiente que moi, dis vîte.

LISETTE.

Le Mari d'Araminte est amoureux de ma Maîtresse.

FRONTIN.

Le Mari d'Araminte, Monsieur le Commissaire ?

LISETTE.

Oüy te dis-je.

FRONTIN.

Oh bien, mon enfant, à bon chat bon rat, le Mari de ta Maîtresse est amoureux d'Araminte.

LISETTE.

Qui t'a deja dit cela ?

FRONTIN.

C'est une negociation dont je suis chargé ; ne t'ay-je pas dit que je travaillois pour tout le monde. Il y a dix ans que je fais les affaires de Monsieur le Notaire.

LISETTE.

Ces deux Messieurs sont de fort bons sujets au moins.

FRONTIN.

Assurément, & pour peu que les Femmes soient d'intelligence.....

LISETTE.

Elles aiment la dépense, & n'ont point d'argent, laisse-moi faire, les voici, elles ne s'attendent pas aux nouvelles que je vais leur dire.

SCENE VI.

ANGELIQUE, ARAMINTE, FRONTIN, LISETTE, un Laquais.

ANGELIQUE.

Portez tout cela dans mon cabinet. Ah te voila, que fais-tu ici Frontin?

FRONTIN.

Je n'y suis venu qu'en passant, Madame,

& quelques petites propositions que m'a fait Mademoiselle Lisette m'ont arrêté pour vous offrir mes petits services.

ARAMINTE.

Comment, quelles propositions?

FRONTIN.

Elle vous dira tout, donnez-vous patience.

ANGELIQUE.

Y a-t'il quelque chose de nouveau, Lisette?

LISETTE.

Oüy, Madame, & de fort particulier même.

ANGELIQUE.

Dis-nous donc vîte ce que c'est.

LISETTE.

Monsieur le Commissaire est amoureux de vous, Madame.

ARAMINTE.

Quoi mon Mari, Lisette!

LISETTE.

Oüy vôtre Mari, Madame. Il ne faut point que vous fassiez tant la fiere, & si vous nous débauchez le nôtre, nous vous rendrons le change à merveilles.

ANGELIQUE.

Tu plaisantes, peut-être, Lisette.

LISETTE.

Non, Madame, je ne plaisante point.

FRONTIN.

Voila les proposition qu'elle m'a faites, & c'est là-dessus que j'attens vos ordres.

ANGELIQUE.

Ma chere.

ARAMINTE.

Ma mignonne.

ANGELIQUE.

Il y a de la fatalité dans cette avanture.

ARAMINTE.

Cela est trop plaisant.

LISETTE.

N'est-il pas vrai que cela est fort drôle.

FRONTIN.

Cela deviendra bien plus divertissant dans la suite.

ANGELIQUE.

Mais c'est une gageure je pense.

FRONTIN.

Elle ne vaudra rien pour les parieurs si l'on m'en veut croire.

ARAMINTE.

Nous ne pouvions souhaiter une meilleure occasion pour nous vanger de l'avarice de ces Messieurs là.

ANGELIQUE.

Toutes tes idées de cette nuit ne valent pas ce que le hazard nous presente.

ARAMINTE.

Frontin nous ſera neceſſaire dans tout ceci ma mignonne.

FRONTIN.

Il eſt tout à vôtre ſervice, Madame.

ANGELIQUE.

Liſette ne nous ſera pas inutile, ma bonne.

LISETTE.

Vous n'avez qu'à me commander.

ARAMINTE.

Pour moi je te recommande Monſieur mon Mari, je ne veux pas que tu lui laiſſes une piſtole.

LISETTE.

Je tâcherai de vous obéïr.

FRONTIN.

Si vous me donnez les mêmes ordres pour Monſieur le Notaire; je les executerai fort exactement, je vous aſſure.

ANGELIQUE.

Oh ſi tu épargnes ſa bourſe, je ne te le pardonnerai de ma vie.

FRONTIN.

Vous n'aurez rien à me reprocher.

LISETTE.

Mais de quelle maniere traiterons-nous les choſes?

ANGELIQUE.

De quelle maniere?

FRONTIN.

Oüy, Madame, brusquerons-nous la bourse de ces Messieurs, ou si nous la vuiderons tout doucement.

ARAMINTE.

Non, brusquer, brusquer, c'est le plus seur. J'ai furieusement affaire d'argent comptant.

ANGELIQUE.

Et moi aussi, le plûtôt vaut le mieux assurément.

FRONTIN.

C'est mon avis, & le tien, Lisette?

LISETTE.

J'opine du bonnet; il faut les expedier dans la regle des vingt-quatre heures.

FRONTIN.

Pour vous, mes Dames, il faudra vous mettre en dépense de quelques petites faveurs, s'il vous plaît.

ARAMINTE.

Des faveurs, Frontin.

FRONTIN.

Oüy, Madame, mais sans consequence.

ANGELIQUE.

Voi'a un article qui m'effarouche.

LISETTE.

Hé de quoi vous embarassez-vous, puisque vous êtes toutes deux d'accord, n'êtes-vous pas les parties interessées.

ANGELIQUE.

Vous êtes une extravagante, Lisette.

LISETTE.

Hé mort de ma vie qu'est-ce donc qu'on vous demande de si terrible ?

FRONTIN.

Un regard favorable seulement.

ARAMINTE.

Cela n'est pas fort criminel.

LISETTE.

Quelques paroles obligeantes.

ANGELIQUE.

Cela ne coûte pas grand chose.

FRONTIN.

Un doux soûrire fait à propos.

ARAMINTE.

C'est un air qu'on se donne.

LISETTE.

Un petit Billet tendre peut-être ?

ANGELIQUE.

Nous en serons quittes pour du papier.

FRONTIN.

Se laisser prendre les mains.

LISETTE.

Ce sont des choses qu'on ne peut empêcher.

FRONTIN.

N'en pas témoigner de colere.

LISETTE.

Ce seroit manquer de politesse.

FRONTIN.

Souffrir par avanture.....

ANGELIQUE.

Oh demeurons-en là, Frontin, je te prie.

ARAMINTE.

Ils nous mettent là dans un chemin qui meine loin quelquefois ma mignonne.

FRONTIN.

Comment donc, vous n'y songez pas, les plus sages Coquettes ne refusent point aujourd'hui ces bagatelles à leurs soûpirans, & tout le secret ne consiste qu'à les faire payer si cher qu'il ne reste jamais dequoi finir l'intrigue.

ANGELIQUE.

Mais vraiment Frontin sçait le monde, & il a de l'esprit, ma bonne.

ARAMINTE.

Nous ne hazarderons donc rien de nous remettre à sa conduite.

LISETTE.

Non assûrément.

FRONTIN.

Les choses n'iront que jusqu'où vous

voudrez, & vous en viendrez aux éclaircissemens quand il vous plaira.

LISETTE.

Mais n'allez pas vous piquer d'être plus reconnoissante l'une que l'autre; dans ces sortes de traitez il faut de la bonne foi sur tout.

ANGELIQUE.

Vous devenez insolente, Lisette.

LISETTE.

Ma foi, Madame, je dis ce que je pense. Oh ça, quand commencerons-nous à travailler, Monsieur Frontin?

FRONTIN.

Le plûtôt que nous pourrons. Il n'y a pas un moment à perdre. Je vais dire un mot à Monsieur le Chevalier, & je reviens dans le moment même.

ANGELIQUE.

Ne lui parle point de tout ceci, Frontin.

FRONTIN.

Non, non, Madame.

SCENE VII.

ANGELIQUE, ARAMINTE, LISETTE.

ANGELIQUE.

JE veux avoir moi-même le plaisir de lui conter cette avanture.

ARAMINTE.

Il en sera ravi, ma mignonne, c'est le meilleur enfant du monde que le Chevalier.

ANGELIQUE.

Il nous amenera demain bonne compagnie, des Comtesses, des Abbez, des Marquises, nous ne manquerons pas de joueurs sur ma parole, & ton Mari nous sauvera les amandes.

LISETTE.

Je croi que le voici, Madame, laissez-moi seule avec lui, je vai lui porter une botte qu'il aura de la peine à parer.

SCENE VIII.

LISETTE *seule.*

OH par ma foi, Monsieur le Commissaire, nous vous pillerons, vous qui pillez les autres.

SCENE IX.

MONSIEUR GRIFFARD, LISETTE.

M. GRIFFARD.

HE' bien, Lisette, ta Maîtresse est-elle revenuë ?

LISETTE.

Oüy, Monsieur, & elle est ressortie même.

M. GRIFFARD.

Lui as-tu parlé de moi, ma chere enfant?

LISETTE.

Ah vraiment, Monsieur, je me suis fait de belles affaires.

M. GRIFFARD.

Comment donc?

LISETTE.

Je ne ſçai pas quel gré vous m'en ſçaurez, mais j'ai été furieuſement querellée.

M. GRIFFARD.

Eſt-ce que.....

LISETTE.

Quand on dit à de jolies Femmes que quelqu'un les eſtime, il eſt bien difficile de leur perſuader qu'on n'a pour elle qu'une paſſion deſintereſſée.

M. GRIFFARD.

Elle s'eſt donc miſe en colere?

LISETTE.

Oüy vraiment, elle m'a traitée de ridicule, d'impertinente; mais cependant je ne la croi pas ſi heteroclite que d'être fâchée qu'on l'aime, & je croi que j'ai mal pris mon temps, je vous l'avouë.

M. GRIFFARD.

Oüy

LISETTE.

Oüy, Monſieur, quand on a de certains chagrins, & qu'on ne ſçait à qui s'en prendre.

M. GRIFFARD.

Elle a quelques chagrins, Liſette?

LISETTE.

Est-ce qu'elle est jamais sans cela?

M. GRIFFARD.

Et de quelle nature sont ses chagrins encore?

LISETTE.

D'une nature.. .... d'une nature bien chagrinante, Monsieur.

M. GRIFFARD.

En sçais-tu la cause?

LISETTE.

Je la soupçonne; car avec elle, Monsieur, on ne sçait jamais rien certainement, elle n'ouvre son cœur à personne.

M. GRIFFARD.

Mais enfin que soupçonnes-tu?

LISETTE.

Ah, Monsieur, que deviendrois-je si elle sçavoit que je vous ..sse des confidences de la sorte? elle ne me le pardonneroit jamais. C'est une petite dissimulée qui seroit au desespoir qu'on sçût les mauvaises situations où la mettent presque tous les jours ses extravagances.

M. GRIFFARD.

Je t'entens, elle a besoin d'argent.

LISETTE.

Je ne vous parle pas de cela, Dieu m'en garde, n'interpretez point mal ce que je vous dis, s'il vous plaît. Comme vous saisissez les choses, Monsieur.

M. GRIFFARD.

Hé bien n'en parlons plus; voila qui est fini.

LISETTE.

Madame est une Femme qui n'a jamais besoin de rien.

M. GRIFFARD.

J'en suis persuadé.

LISETTE.

Il est bien vrai que son Mari est un vilain qui lui donne fort peu de chose, & que la fortune des joüeuses est sujette à de petites revolutions quelquefois.

M. GRIFFARD.

Auroit-elle fait quelque perte considerable ?

LISETTE.

Ne me faites point trop parler, Monsieur, je vous prie, je devine fort bien vos desseins, vous seriez ravi d'avoir occasion de faire le Galant, & d'étaler vôtre humeur liberale; mais gardez vous-en bien, je vous en avertis vous perdriez toutes vos affaires.

M. GRIFFARD.

Mais vraiment cela est extraordinaire.

LISETTE.

Qu'il est fâcheux d'avoir affaire à de petites personnes trop scrupuleuses.

M. GRIFFARD.

Elles sont si rares. Il faut justement que j'en trouve une moi.

LISETTE.

Attendez, Monsieur, tâchons de l'attraper, il me vient une idée.....

M. GRIFFARD.

Hé quelle ?

LISETTE.

Elle donnera là-dedans assurément, quelque fine qu'elle puisse être.

M. GRIFFARD.

Hé bien dis vîte.

LISETTE.

Suposons qu'elle ait perdu deux cens pistoles.

M. GRIFFARD.

Deux cens pistoles ?

LISETTE.

Oüy cela va bien là tout au moins.

M. GRIFFARD.

Je les ai fort à son service.

LISETTE.

Il n'y a qu'un bon tour à prendre pour les lui faire accepter, c'est là le difficile. De vous les emprunter, c'est ce qu'elle ne fera pas; de les prendre à titre de present; il n'y a pas d'apparence, & pour moi je ne voi qu'une façon de restitution dont on pût se servir utilement.

M. GRIFFARD.

Comment une façon de restitution.

LISETTE,

Oüy, Monsieur, les joüeurs sont un peu sujets a caution, comme vous sçavez, & Madame n'a pas joüé toujours avec les plus honnêtes personnes du monde, voulez-vous lui faire plaisir sans effaroucher sa pudeur.

M GRIFFARD.

Si je le veux.

LISETTE.

Envoyez-lui de l'argent qu'elle puisse recevoir comme un remords de conscience de quelque fripon converti. Il n'y a pas de maniere plus seure & plus galante que celle-là.

M. GRIFFARD.

Mais je serois bien-aise, Lisette, qu'elle sçût que c'est à moi qu'elle aura l'obligation.

LISETTE.

Hé allez, allez Monsieur, elle le sçaura de reste dans la suite, je me charge de lui dire moi.

M. GRIFFARD

M. GRIFFARD.

Mais ſcrupuleuſe , comme elle eſt , elle ſera peut-être fâchée qu'on la trompe.

LISETTE.

Hé mort de ma vie trompez-là toujours de même : Il y a des affaires où les femmes ſont ravies d'être trompées.

M. GRIFFARD.

Et par qui luy faire tenir cet argent.

LISETTE.

C'eſt encore une difficulté. De vôtre part, cela ſeroit ſuſpect, & le métier d'un Commiſſaire n'eſt pas de faire des reſtitutions. Adreſſez-moy la bourſe, j'ajuſteray tout cela.

M. GRIFFARD.

N'eſt-ce pas deux cens piſtoles que tu dis.

LISETTE.

Mettez, mettez deux cens Loüis neufs, la reſtitution en ſera plus honnête.

M. GRIFFARD.

Je vay te les envoyer tout-à-l'heure.

LISETTE.

Et vous viendrez quelques momens aprés pour parler vous-même à Madame.

M. GRIFFARD.

C'eſt fort bien dit, adieu Liſette.

LISETTE.

Adieu, Monsieur : ah que les jolies femmes sont heureuses, il semble aux hommes qu'en les ruinant elles leur font grace, & de pauvres diables bien amoureux ne donnent toujours que trop aisément dans tous les panneaux qu'on veut leur tendre.

SCENE X.

LISETTE, FRONTIN.

FRONTIN.

J'Attendois qu'il fut sorty, comment vont les affaires, as-tu déja travaillé pour la bourse commune.

LISETTE.

Cela ne commence pas trop mal : on va nous faire une restitution de deux cens pistoles.

FRONTIN.

Tu nommes cela une restitution ?

LISETTE.

Ouy, c'est une nouvelle maniere de faire des presens sans consequence, où je trouve qu'il y a beaucoup plus de bienſeance que dans toutes les autres.

FRONTIN.

Tu as raiſon, celle qui reçoit ne s'engage à rien, & le donneur eſt pris pour dupe. Où eſt Monſieur le Notaire, il faut que je décharge auſſi ſa conſcience de quelque petite reſtitution.

LISETTE.

Ne precipitons rien, donne-toy patience : Il eſt allé dans ſon cabinet ſe preparer à une querelle que je luy ay conſeillé de faire à Madame pour authoriſer les petites parties qu'on veut faire icy.

FRONTIN.

Comment donc ?

LISETTE.

C'eſt luy qui veut abſolument que ſa femme demeure chez elle.

FRONTIN.

Il n'aura pas de peine à la perſuader.

LISETTE.

Non vrayment, mais il eſt toujours bon de luy faire valoir les choſes, & quelque chagrin qu'il en puiſſe avoir dans la ſuite, il n'aura pas le mot à dire, ce ſera luy qui l'aura voulu.

FRONTIN.

Tu as raiſon. Voicy Monſieur le Chevalier.

SCENE XI.

LE CHEVALIER, LISETTE, FRONTIN.

LE CHEVALIER.

QUe j'ay de graces à te rendre ma chere Lisette.

LISETTE.

Estes-vous content de la réponse.

LE CHEVALIER.

Il n'y a rien qu'elle ne me donne lieu d'esperer, je suis le plus heureux des hommes.

LISETTE.

Ouy, mais je croy que vous avez un Rival, je vous en avertis.

LE CHEVALIER.

Un Rival Lisette.

LISETTE.

Ouy vrayment, & des plus dangereux mesme.

LE CHEVALIER.

Et quel est donc ce Rival, dis ?

LISETTE.

Un petit miévre de par le monde, qu'on appelle Janot, le fils de cette femme à qui vous avez tantost parlé... Cela vous allarme, vous vous effarouchez de bien peu de chose.

FRONTIN.

Bon, si nous n'avons point d'autre Rival à craindre, nous sommes bien sur ma parole.

LE CHEVALIER.

Puis-je parler à Mariane.

LISETTE.

Je ne sçay, car elle a toujours quelqu'un de ses maîtres avec elle. Je vay voir si elle est seule, & je viendray vous en avertir.

SCENE XII.

LE CHEVALIER, FRONTIN.

LE CHEVALIER.

MA bonne femme de mere aura dit quelque chose mal-à-propos Frontin.

FRONTIN.

Il n'y a rien de gasté encore ; mais il faut se haster de conclure le mariage ; le billet s'explique-t'il en bons termes.

LE CHEVALIER.

Si j'en juge par le billet, mes affaires iront le mieux du monde.

FRONTIN.

Assurément :

LE CHEVALIER.

Assurément.

FRONTIN.

Puisqu'il est ainsi sans façon, Monsieur le Chevalier * commençons par bannir la ceremonie.

Frontin se couvre.

LE CHEVALIER.

Hé que fais-tu Frontin, veux-tu me perdre.

FRONTIN.

Non, ce n'est pas mon intention ; mais vous voila en train d'attraper un bon mariage. Comment pretendez-vous que cela se passe entre vous & moy.

LE CHEVALIER.

Hé quel temps choisis-tu ?

FRONTIN.

Parlons net, ou je vous trahiray. On a déja ouy parler de Monsieur Janot, comme vous voyez.

LE CHEVALIER.

Voila un pernicieux marousle.

FRONTIN.

Ne vous fâchez point & soyez bon Prince. Je suis vostre serviteur, vostre valet mesme, quelquefois dont j'enrage; car enfin nous avons esté camarades d'école, nous estions Clercs chez le mesme Procureur. On vous mit dehors pour la maîtresse, on me chassa moy pour la servante, & j'en conviens; vous avez eu de tout temps les inclinations plus nobles que les miennes; mais cependant il me déplairoit fort de vous voir Monsieur, pour toujours, & d'estre pour toujours Frontin moy.

LE CHEVALIER.

Ah, je te jure qu'aussi-tost l'affaire terminée....

FRONTIN.

Quand une affaire est terminée, elle est finie pour tout le monde; il n'est rien tel que de faire marché, composons d'avance; assurez-moy ma petite fortune, & je vous permets d'achever la vostre.

LE CHEVALIER.

Dépesche-toy seulement.

FRONTIN.

Vous m'avez donné ce matin un Billet de soixante pistoles pour les aller recevoir de ce commis de la Doüane.

LE CHEVALIER.

Je te donne les soixante pistoles, voila qui est fini.

FRONTIN.

Point, Monsieur, il y a encore ce Diamant que vous avez tantôt pris chez vôtre mere, & que vous m'avez dit de troquer contre de l'argent.

LE CHEVALIER.

Ah, Frontin!

FRONTIN.

Ah, Monsieur, point de contestations, s'il vous plaît, je n'aime pas qu'on me contredise moi.

LE CHEVALIER.

J'enrage: hé bien le Diamant te demeurera, seras-tu content?

FRONTIN.

Il me faudra du Linge, & quelque juste-au-corps un peu propre, pour me mettre en équipage seulement.

LE CHEVALIER.

J'auray soin de tout cela, je te le promets.

FRONTIN.

Vous me donnerez avec cela quelques bonnes habitudes, & tout ira bien. J'ai de l'esprit, vous serez pourvû, je vous demande vos vieilles pratiques.

LE CHEVALIER.

Je feray pour toi toutes choses.

FRONTIN.

Sur ce pied là reprenons la ceremonie, j'oublie l'égalité de nos naissances, & je vous regarde comme le Gentilhomme de France le moins roturier.

LE CHEVALIER.

Et si l'affaire ne reüssit point?

FRONTIN.

En ce cas j'ai la conscience bonne, je vous rens tout, il faut que chacun vive.

LE CHEVALIER.

Tais-toi, Frontin, voici Lisette.

SCENE XIII.

LE CHAVALIER, LISETTE, FRONTIN,

LISETTE.

JE vous ai fait attendre, mais j'ai attendu moi-même que le Maîtrede Geographie fut parti, ne perdez point de temps, montez par ce petit escalier, Frontin sçait les êtres, qu'il vous conduise.

FRONTIN.

Hé, qu'ai-je affaire là moi, s'il te plaît.

LISETTE.

Tu feras le guet pour assûrer leur conversation.

LE CHEVALIER.

Tu ne viens donc pas avec nous, toi Lisette.

LISETTE.

Non vraiment, j'ai ici de l'argent à recevoir. En attendant la restitution allons sçavoir de ma Maîtresse quand elle aura la commodité d'être querellée.

Fin du troisiéme Acte.

ACTE IV.

SCENE PREMIERE.

MARIANE, LE CHEVALIER, FRONTIN,

MARIANE.

ENtrons ici Monsieur le Chevalier, je ne suis point tranquille dans ma chambre, on pourroit nous y surprendre, & l'on m'en feroit un crime. Ici l'on peut penser que le hazard nous aura fait rencontrer, & que vous ne m'aurez abordée que par civilité, que Frontin prenne garde seulement que personne ne nous écoute.

FRONTIN.

Causez en repos, je suis en sentinelle.

LE CHEVALIER.

Hé bien, charmante Mariane, qu'elle sera ma destinée?

MARIANE.

S'il ne tenoit qu'à moi seule de la rendre heureuse, vous n'auriez pas lieu de vous en plaindre.

LE CHEVALIER.

Hé ne pouvez-vous pas faire tout mon bonheur ? Je vous adore, si vous étiez un peu sensible à ma tendresse.

MARIANE.

Tenez Monsieur le Chevalier, je ne sçay ce que c'est que de l'amour, je ne puis dire que je vous aime, mais je suis bien aise que vous m'aimiez.

LE CHEVALIER.

Et consentirez-vous, sans repugnance, que je devienne vôtre époux.

MARIANE.

Voila encore une chose que je ne sçaurois vous dire, il me semble qu'on ne s'aime plus quand on est mariez.

LE CHEVALIER.

On ne s'aime plus, qui vous a dit cela ?

MARIANE.

Araminte, & ma belle mere ne disent tous les jours autre chose, elles chagrinent leurs maris, leurs maris les haïssent, moi je voudrois vous aimer toujours, & il faudroit pour cela que vous m'aimassiez toute vôtre vie.

LE CHEVALIER.

Et vous croyez que le mariage pourroit faire

faire finir ma tendresse, ah ! je vous jure....

FRONTIN.

Changez de conversation, Monsieur, j'entens quelqu'un.

MARIANE.

Separons-nous Monsieur le Chevalier.

FRONTIN.

Non, rapprochez-vous, c'est Lisette

SCENE II.

LE CHEVALIER, MARIANE, FRONTIN, LISETTE.

LISETTE.

QUOY vous voila, je vous croyois là haut, que faites-vous donc ici, vôtre pere va venir. je vous en avertis.

MARIANE.

Adieu Monsieur le Chevalier.

SCENE III.

ANGELIQUE, MARIANE, LE CHEVALIER, FRONTIN, LISETTE.

ANGELIQUE.

DEmeurez, Mariane, où alliez-vous ?

MARIANE.

On m'a dit que vous m'aviez demandée, Madame; j'ai sçû que vous étiez revenuë, j'allois me rendre auprés de vous.

ANGELIQUE.

Hé bien, Chevalier, la compagnie qui vous attendoit est-elle avertie pour demain ?

LE CHEVALIER.

Je venois vous en rendre compte, Madame, & tout Paris viendra chez vous si tôt qu'on sçaura qu'on y joüe.

LISETTE.

Cela divertira bien vôtre mari, Madame.

ANGELIQUE.

Il faudra bien qu'il en passe par où nous voudrons, je vais le mettre à la raison. Lui as-tu dit que j'étois revenuë ?

LISETTE.

Oüi, Madame, & en remontant, on m'a donné ces deux cent pistoles que vous sçavez.

ANGELIQUE.

Porte-les à Araminte, elles viennent de son mari, c'est à elle d'en disposer, & vous, Mariane, allez lui tenir compagnie pendant que je serai obligée d'essuyer la fatigante conversation de vôtre Pere, vous, ne sortez pas, Monsieur le Chevalier.

LE CHEVALIER.

Je ferai tout ce qu'il vous plaira, Madame.

ANGELIQUE.

Entrez aussi dans mon cabinet, je veux vous faire part d'une avanture que vous trouverez divertissante.

SCENE IV.

ANGELIQUE, FRONTIN.

FRONTIN.

ET moi, Madame, que deviendrai-je? quand vous aurez fait de Monsieur le

Notaire, vous me le livrerez, s'il vous plaît.

ANGELIQUE.

Va faire un tour, & revien, Frontin.

FRONTIN.

Dépeschez-vous donc, Madame, je suis honteux que Lisette soit plus expeditive que moi ; mais je reparerai cela par la somme.

ANGELIQUE.

J'entens mon mari, sors vîte.

FRONTIN.

Voila un pauvre diable en bonne main.

SCENE V.

MONSIEUR SIMON, ANGELIQUE.

M. SIMON.

AH ! vous voila donc au logis, Madame, c'est une grande merveille, oüi.

ANGELIQUE.

Bon jour mon cher petit mari, Lisette dit que vous étes de mauvaise humeur, & que vous voulez gronder, est-il vrai. J'ai un mal de tête épouvantable, au moins je vous en avertis.

M. SIMON.

Hé le moyen de vous bien porter, vous devriez être morte, depuis le temps que vous vivez comme vous faites, ne rougissez-vous point de.....

ANGELIQUE.

Ah, mon fils, vous m'ébranlez tout le cerveau! adoucissez l'aigreur de vôtre ton, je vous prie, ou je renonce à vous écouter.

M. SIMON.

Comment, Madame, vous croyez....

ANGELIQUE.

Oh querellez donc de sens froid, je vous prie, je vous promets de vous écouter de même.

M. SIMON.

Il faut que j'aye une belle patience.

ANGELIQUE.

Serez-vous long-temps dans vos remontrances, mon fils?

M. SIMON.

Oüi, Madame, & tres-long....

ANGELIQUE.

Si vous vouliez quereller en abregé, mon petit mari, je vous aurois bien de l'obligation.

M. SIMON.

En abregé, Madame, & le moyen de renfermer en peu de paroles tous les sujets de plaintes que vous me donnez tous les jours.

ANGELIQUE.

Moi, je vous donne des ſujets de plainte, mon fils ?

M. SIMON.

Oh que diantre, mon fils, mon petit mari, ſuprimons tous ces termes-là, s'il vous plaît, tréve de douceurs, je vous prie.

ANGELIQUE.

Comment donc, Monſieur, quelles manieres ſont les vôtres, plus j'ai d'honnêteté pour vous, plus vous avez d'aigreur pour moi, en verité je n'y comprens rien, & je ſuis fort ſcandaliſée de vôtre procedé.

M. SIMON.

Hé morbleu, je ſuis outré du vôtre, moi.

ANGELIQUE.

Ah, que les maris ſont incommodes avec leurs bizarreries perpetuelles. Je voudrois bien ſçavoir qui peut cauſer vos emportemens.

M. SIMON.

Comment donc, mes emportemens ? Je n'ai que trop de douceur, de par tous les Diables.

ANGELIQUE.

Ah juſte Ciel ! toujours dans la bouche des mots à effaroucher les perſonnes les moins timides.

M. SIMON.

Morbleu !

ANGELIQUE.

Vous jurez, Monsieur, vous jurez, vous me faites trembler : Lisette, hola, quelqu'un.

M. SIMON.

Vous perdez l'esprit, Madame.

ANGELIQUE.

Lisette.

SCENE VI.

MONSIEUR SIMON, ANGELIQUE, LISETTE.

LISETTE.

HE', à qui diantre en avez-vous donc ?

ANGELIQUE.

Demeurez auprés de moi Lisette, Monsieur est dans une fureur qui ne se conçoit pas.

LISETTE.

Seroit-il possible ?

M. SIMON.

Ah la méchante femme, Lisette, la méchante femme.

ANGELIQUE.

Peut-on s'étonner que je n'aime pas à demeurer chez moi, ce sont vos violences, & vos caprices qui m'en écartent.

M. SIMON.

Mes violences.

LISETTE.

Hé bien moderez-vous un peu, on verra ce que cela produira.

M. SIMON.

Tu crois ce qu'elle dit, c'est un pretexte pour avoir raison d'être toujours dehors.

ANGELIQUE.

Oüi, fort bien un pretexte, en verité Monsieur vous vous servez de termes bien offençans, & si ma famille sçavoit les duretez que vous avez pour moy....

M. SIMON.

Oh pour le coup je perds patience.

LISETTE.

Hé doucement, Monsieur, n'y auroit-il pas moyen de vous accommoder, vous étes tous deux si raisonnables.

ANGELIQUE.

Hé bien, je te fais juge de nos differens, Lisette.

LISETTE.

C'est bien de l'honneur que vous me faites, Madame.

M. SIMON.

Oüi, tu as de l'esprit, & je te permets de me condamner si j'ai tort.

LISETTE.

Oh pour cela je le ferai, je vous assure, voyons, dequoi vous plaignez-vous premierement ?

M. SIMON.

Ne le sçais-tu pas ?

LISETTE.

Que répondez vous à cela ?

ANGELIQUE.

Ignores-tu toutes mes raisons ?

LISETTE.

Hé mort de ma vie que ne parlez-vous ? vous voila d'accord, Monsieur n'a qu'à vouloir.

M. SIMON.

Moi ?

LISETTE.

Vous même. Tenez, Monsieur, Madame est la femme de France la plus complaisante, laissez-la vivre à sa fantaisie, vous en ferez tout ce qu'il vous plaira.

M. SIMON.

Hé bien qu'elle fasse, pourvu qu'elle demeure chez elle.

LISETTE.

Mais vraiment cela est trop juste, Madame, Monſieur eſt le meilleur homme du monde, il aime à vous voir, donnez lui cette petite ſatisfaction le plus ſouvent qu'il vous ſera poſſible.

ANGELIQUE.

Hélas, de tout mon cœur, mon enfant, je ne cherche point à le chagriner, qu'il ſoit toujours de bonne humeur, je ſerai toujours au logis.

LISETTE.

Vous l'entendez, Monſieur, je ne lui fais pas dire.

M. SIMON.

Hé bien, qu'elle me tienne parole, & je ne querellerai de ma vie.

ANGELIQUE.

Cela me fera de la peine aſſurément, mais puiſque vous le voulez abſolument, Monſieur, je tâcherai de trouver les moyens de me rendre ma priſon ſupportable.

LISETTE.

La pauvre petite femme, ſa priſon! vous devez être bien content, Monſieur.

M. SIMON.

Je ne m'attendois pas à la trouver ſi raiſonnable, je te l'avoüe.

LISETTE.

Oh, Monſieur, tôt ou tard il vient de

bons momens aux femmes. Il ne faut aux maris que la patience de les attendre.

ANGELIQUE.

Le ſeul plaiſir que je me propoſe, eſt de joüer, & de recevoir compagnie.

LISETTE.

Comme elle ſe borne.

M. SIMON.

Hé va, va, tu n'auras pas le temps de t'ennuyer, il faudra faire en ſorte qu'Araminte ſoit preſque toujours avec toi premiérement.

ANGELIQUE.

Ah, mon cher petit mari, que j'en ſerai contente, tâchons de l'engager à cela, je vous prie, c'eſt la plus aimable perſonne du monde qu'Araminte.

M. SIMON.

N'eſt-il pas vrai?

[illegible]SETTE.

Le vieux [illegible]e.

M. SIMON.

Nous aurons ſon mari quelquefois, nous verrons ma niéce, la Greffiere, qui fait des vers, ma couſine l'Avocate, ſon beau frere, qui eſt plaiſant, ſa ſœur la Conſeillere, mon oncle le Medecin, ſa femme & ſes enfans, nous nous divertirons à merveilles.

LISETTE.

Voila dequoi bien passer son temps, Madame.

ANGELIQUE.

Oh pour cela, non, mon fils, je vous prie hors Araminte, qui a les manieres de condition, je ne veux voir que des femmes de qualité, s'il vous plaît.

M. SIMON.

Hé bien oüi, des femmes de robe.

ANGELIQUE.

Non, Monsieur, des femmes d'épée. C'est mon foible que les femmes d'épées, je vous l'avoüe.

LISETTE.

Madame a les inclinations tout-à-fait militaires.

M. SIMON.

Hé bien soit des femmes d'épée; tout comme tu voudras.

ANGELIQUE.

Nous donnerons de petits concerts quelquefois.

M. SIMON.

Des concerts ici dans ma maison.

ANGELIQUE.

Oüi, mon fils, comme vous voulez que j'y demeure toujours, il faut bien que je m'y divertisse.

LISETTE.

LISETTE.

Elle a tant de complaisance pour vous que vous ne sçauriez vous deffendre d'en avoir un peu pour elle.

M. SIMON.

Mais...

ANGELIQUE.

Mais, Monsieur, il me faut de la Musique trois jours de la semaine seulement, trois autres aprés disnées; on joüera quelques reprises d'ombre & de lansquenet, qui seront suivies d'un grand souper, de maniere que nous n'aurons qu'un jour de reste, qui sera le jour de conversation; nous lirons des ouvrages d'esprit; nous debiterons des nouvelles, nous nous entretiendrons des modes, nous medirons de nos amies; enfin, nous emploirons tous les momens de cette journée à des choses purement spirituelles.

LISETTE.

Quel ordre, Monsieur, elle veut vivre regulierement, comme vous voyez.

M. SIMON.

Quelle chienne de regularité.

ANGELIQUE.

Et comme cette vie aisée, douce, agreable, pourroit attirer trop grand monde, pour n'être point accablée de visites importunes, il faudra que nous ayons un Portier, s'il vous plaît.

M. SIMON.

Misericorde, un Portier chez moy, chez un Notaire, un Portier, Madame?

ANGELIQUE.

Oüi, Monsieur, un Portier chez un Notaire, la grande merveille.

M. SIMON.

Lisette.

LISETTE.

Ne l'obstinez point, Monsieur, elle prendroit un Suisse.

M. SIMON.

Mais, Madame....

ANGELIQUE.

Mais, Monsieur, je veux un Portier, sans cela marché nul, je sortirai, & tout à l'heure.

LISETTE.

Hé passez luy cette bagatelle, faut-il rompre un traité pour un malheureux Portier.

M. SIMON.

Je me ferai moquer de moi, & d'ailleurs, comment soûtenir tant de dépense.

ANGELIQUE.

Hé, Monsieur, qui vous demande rien, de quoi vous effaroüchez-vous?

M. SIMON.

Dequoi je m'effarouche, Madame.

LISETTE.

Allez, Monsieur, qu'il vous suffise que Madame jouë. Les joüeuses ont des ressources inépuisables, & les femmes à qui leurs maris ne donnent point d'argent, ne sont pas toujours celles qui en dépensent le moins.

M. SIMON.

Pour moi je n'en sçaurois donner, car je n'en ay point.

LISETTE.

Frontin vous en fera pourtant bien trouver.

ANGELIQUE.

Allez, Monsieur, ne vous meslez de rien que de me laisser faire. Adieu mon fils, je vay me recueillir dans mon cabinet, & songer à prendre toutes les mesures imaginables, pour vous donner la satisfaction de demeurer au logis sans m'y ennuyer.

SCENE VII.

M. SIMON, LISETTE.

LISETTE.

QUelle complaisance ! Vous êtes bienheureux d'avoir une femme si bonne & si judicieuse.

M. SIMON.

Je payeray bien cher cette complaisance-la, peut être.

LISETTE.

Oh point du tout, elle est bien revenuë de la bagatelle.

M. SIMON.

Il faut en essayer Lisette. Tu vois tout ce que je fais pour la mettre dans son tort.

LISETTE.

Oh pour cela, Monsieur, vous êtes le meilleur mary qu'il y ait au monde.

ANGELIQUE *derriere le Theatre.*

Lisette !

LISETTE.

Madame m'appelle, adieu Monsieur, tenez-vous en joye, vous avez bien sujet d'y être.

SCENE VIII.

M. SIMON *seul.*

HOm, je ne sçay comment tout cela tournera, mais un honneste homme est bien embarassé quand il est amoureux, & qu'il a des mesures à prendre avec sa femme.

SCENE IX.

M. SIMON, FRONTIN.

FRONTIN.

AH! Monsieur, que je vous trouve à propos.

M. SIMON.

Qu'est-ce qu'il y a.

FRONTIN.

Ne peut-on point nous écouter.

M. SIMON.

Non, non, parle, cette salle est grande.

FRONTIN.

Vous n'avez point veu Araminte depuis le dernier Billet que je luy ay rendu de vôtre part.

M. SIMON.

Non vraiment. Je ne precipite rien moy, & je ne fais point l'amour en jeune homme.

FRONTIN.

Mais serieusement, Monsieur, en estes-vous bien amoureux.

M. SIMON.

Plus que je ne sçaurois te le dire.

FRONTIN.

Et s'il falloit renoncer à la voir, cela vous feroit-il bien de la peine.

M. SIMON.

Comment renoncer à la voir ? qu'y a-t'il donc ? qu'est-il arrivé ?

FRONTIN.

Ah ! que vous aimez cette femme là, Monsieur. Je ne puis m'empescher de vous plaindre.

M. SIMON.

Mais à qui en as-tu.

FRONTIN.

Vous ne sçauriez croire combien je suis dans vos interêts.

M. SIMON.

Je t'en estime davantage, mais....

FRONTIN.

J'aimerois autant que le diable vous eust emporté, que de vous voir amoureux de cette force là.

M. SIMON.

Tu me ferois perdre patience, ne veux-tu pas t'expliquer.

FRONTIN.

Araminte, Monsieur.

M. SIMON.

Hé bien, Araminte.

FRONTIN.

Elle est dans une situation la plus fâcheuse du monde.

M. SIMON.

Comment, quelle situation.

FRONTIN.

Elle m'a bien deffendu de vous rien dire, & je ne sçai si je fais bien de vous en parler.

M. SIMON.

Ouy, ouy, parle.

FRONTIN.

Je meurs de peur que vous ne soyez assez amoureux pour la vouloir tirer de l'embaras où elle se trouve.

M. SIMON.

Quoy, quel embarras, si je l'en tireray, oh je t'en répons.

FRONTIN.

Ne voila-t'il pas. Oh bien, Monsieur, puisqu'il est ainsi, vous ne sçaurez rien.

M. SIMON.

Mon pauvre Frontin.

FRONTIN.

Non, Monsieur, il ne sera pas dit, que parce qu'une femme vous estimera plus qu'un autre, j'aurai contribué à vous ruiner pour l'amour d'elle.

M. SIMON.

A me ruiner; qu'est-ce que cela signifie.

FRONTIN.

Cela signifie que la pluspart des jolies femmes ruinent tous ceux qu'elles estiment, Monsieur. C'est la regle.

M. SIMON.

C'est la regle.

FRONTIN.

Hé vraiment oüy, voudriez-vous qu'elles ruïnassent ceux qu'elles n'estiment point; cela seroit bien malhonneste.

M. SIMON.

Ah, ah, & est-ce une necessité de ruiner quelqu'un.

FRONTIN.

Ouy vraiment, cela ne se peut pas autrement même, c'eſt une choſe inconcevable que les dépenſes prodigieuſes qu'Araminte fait tous les jours, ſans reflexion, ſans conduite. Elle s'endette de tous côtez, les Marchands crient pour être payez, ſi cela vient aux oreilles du mary, c'eſt une femme perduë ; & pour ſe mettre à couvert de ſes emportemens, elle eſt dans la reſolution de s'aller jetter dans un Couvent, & de n'en ſortir de ſa vie.

M. SIMON.

Dans un Couvent, Frontin.

FRONTIN.

Dans un Couvent. Quand une jolie femme eſt embaraſſée, & qu'elle ne ſçait comment ſortir d'affaires, elle a toujours recours au Couvent ; c'eſt encore une Regle.

M. SIMON.

Mais voila une reſolution bien precipitée.

FRONTIN.

Je vous en répons ; elle m'a même dit de lui mener un caroſſe, pour y aller tout de ce pas ; elle ne veut dire adieu à perſonne.

M. SIMON.

Comment tout de ce pas il faut empécher cela, Frontin.

FRONTIN.

Oh, Monsieur, celà est bien difficile ; elle doit plus de mille écus, afin que vous le sçachiez.

M. SIMON.

Mille écus !

FRONTIN.

Oüi vraiment, mille écus, valant trois mille deux cens cinquante livres. Hé croyez-moy, laissez-la faire, ne mettez point là vôtre argent, prenez une bonne resolution de ne la jamais voir.

M. SIMON

De ne la jamais voir ?

FRONTIN.

Oüi, vous ne l'aimez peut être pas tant que vous vous l'imaginez.

M. SIMON.

Je ne l'aime pas ? j'en perdrois l'esprit.

FRONTIN.

Quelle fatalité ! perdre l'esprit, ou donner trois mille deux cens cinquante livres,

M. SIMON.

Cela est chagrinant.

FRONTIN.

Ecoutez, l'esprit est une belle chose, Adieu, Monsieur, je vais chercher un carosse.

M. SIMON.

Attens, Frontin.

FRONTIN.

Ah, que je connois de gens à Paris qui voudroient avoir une occasion comme celle-ci : mais je ne leur en parlerai point : Je suis trop de vos amis pour ne vous pas laisser la preference... Je vais lui chercher un Carosse.

M. SIMON.

Attens-moi là, te dis-je, je vai prendre dans mon cabinet un Billet payable au porteur que je lui veux donner moi-même.

FRONTIN.

Comment, vous-même, ah ! fi Monsieur, où est la politesse, de ne sçavoir pas épargner à une femme la confusion de vous avoir obligation en face ? vous la feriez mourir de chagrin.

M. SIMON.

Hé bien, mais connois-tu les gens à qui elle doit ?

FRONTIN.

Si je les connois !

M. SIMON.

Meine-moi chez eux, je les payerai sans lui en rien dire.

FRONTIN.

Cela est fort bien imaginé.

M. SIMON.

Cela sera assez galant, oüi.

FRONTIN.

Assurément il n'y a qu'un petit inconvenient qui s'y rencontre.

M. SIMON.

Comment ?

FRONTIN.

Ce sont des gens à qui Madame vôtre femme doit aussi de l'argent, il ne seroit pas dans la bienséance qu'on vous vît acquitter les dettes des autres, quand vous ne payez pas les siennes.

M. SIMON.

Malepeste tu as raison, elle le sçauroit peut-être.

FRONTIN.

Je suis prudent, comme vous voyez.

M. SIMON.

Comment ferons-nous donc ?

FRONTIN.

Mais il me semble que vous me donnant le Billet, & moi promettant de vous en faire tenir compte. . . .

M. SIMON.

Mais Frontin.

FRONTIN.

Qu'est-ce à dire mais ? ne craignez-vous point que je vous friponne vôtre Billet.

M. SIMON.

Je ne te dis pas cela, mais enfin.

FRONTIN.

FRONTIN.

Par bleu, Monsieur, je n'y entens point de finesse, puisque vous faites tant de façons, je vous baise les mains, je suis vôtre serviteur .... je m'en vais chercher un carosse.

M. SIMON.

Que tu as l'esprit mal tourné, je vais chercher le Billet, vien-t'en le prendre.

FRONTIN.

Oh diable, vous faites-là un grand effort, Monsieur est amoureux, à perdre l'esprit, on veut le conserver dans son bon sens, il en est quitte pour mille écus....

M. SIMON.

Voici quelqu'un, veux-tu te taire, & me suivre.

FRONTIN.

Tout-à-l'heure, je vais vous joindre.

SCENE X.

LE CHEVALIER, FRONTIN.

LE CHEVALIER

AH, mon pauvre Frontin, je suis dans le plus grand embarras du monde.

FRONTIN.

Qu'est-ce qu'il y a ?

LE CHEVALIER.

Cette folle de Lisette s'est avisée de parler à sa maîtresse, & à Amarinte, de la passion que j'ai pour Mariane.

FRONTIN.

Hé bien.

LE CHEVALIER.

Et dans la vûë de me faire plaisir, elles veulent malgré que j'en aye proposer la chose à son pere.

FRONTIN.

Cela ne vaut pas le diable, vous voila gâté ; on ira aux enquêtes, & la reputation de Monsieur Janot fera tort à Monsieur le Chevalier assurément.

LE CHEVALIER.

Ah, ne plaisante point, je te prie.

FRONTIN.

Je ne plaisante point, cela ne vaut pas le diable.

LE CHEVALIER.

J'avois toujours compté sur les soins de Lisette ; sur la tendresse de Mariane, & je me proposois de terminer la chose par un enlévement, pour faire consentir le pere au Mariage.

FRONTIN.

Voila comme j'ai toujours conçû la chose,

& il n'y avoit pas d'autre biais que celuy-là-même.

LE CHEVALIER.

Non vraiment, mais quel parti prendre?

FRONTIN.

Celui de precipiter une chose que nous aurions pû faire à loisir.

LE CHEVALIER.

Mais il faut pour cela de l'argent comptant, je n'en ai point assez.

FRONTIN.

Oh, je vous en preterai moy, qu'à cela ne tienne. Il y a à Paris quelques Orfévres de ma connoissance, & avec le Diamant, dont je suis nanti, je ne m'embarasse pas de trouver deux cens pistoles en un quart-d'heure.

LE CHEVALIER.

Mais il faut persuader Mariane.

FRONTIN.

Laissez-moi parler à Lisette, & allez m'attendre à l'Auberge.

LE CHEVALIER.

Mais....

FRONTIN.

Mais allez m'attendre, vous dis-je, pour être heritier de vos vieilles pratiques, il n'y a rien que je ne sois capable de faire.

Fin du quatriéme Acte.

ACTE V.

SCENE PREMIERE.

MARIANE, LISETTE,

MARIANE.

MA pauvre Lisette, je n'en puis plus, je ne sçaurois me soûtenir, je tremble.

LISETTE.

Qu'avez-vous ?

MARIANE.

Mon Pere est là-dedans avec Araminte, & ma belle-Mere, je ne l'ai jamais vû de si bonne humeur.

LISETTE.

Et c'est-là ce qui vous rend si interdite.

MARIANE.

On va lui parler de mon mariage avec Monsieur le Chevalier.

LISETTE.

On va lui en parler, tant pis, on se presse trop.

MARIANE.

Oh, point, point, Lisette, je suis sortie pour les laisser dire : je voudrois déja que cela fut fini.

LISETTE.

Cela est trop precipité, vous dis-je, rentrez dans le cabinet pour rompre la conversation.

MARIANE.

Ma chere enfant, je n'en ai pas la force, je ne me connois plus, & je n'ai jamais été dans l'état où je me trouve.

LISETTE.

C'est que vous n'avez jamais été mariée.

MARIANE.

Oh, pour cela non, mais si je suis si tremblante, pendant qu'on en parle, comment serai-je donc, quand on me mariera tout de bon.

LISETTE.

On vous rassurera, ne vous mettez pas en peine, mais si vous voulez que je vous parle naturellement, je meurs de peur que vôtre Pere ne reçoive mal la proposition.

MARIANE.

C'est cette crainte-là, je pense, qui me met si hors de moi-même.

LISETTE.

Allez donc empécher qu'on ne lui en

parle, nous avons depuis tantôt raisonné Frontin & moi, & nous avons trouvé un moyen seur pour vous marier quand vôtre Pere ne le voudroit pas.

MARIANE.

Est-il possible?

LISETTE.

Oüi, mais il faut pour cela qu'il n'ait entendu parler de rien.

MARIANE.

Mais ce moyen est-il infaillible?

LISETTE.

Je vous en répons, cela dépendra de vous, & vous n'y mettrez point d'obstacle, peut-être?

MARIANE.

Non, je t'en assûre, oh je m'en vais donc vîte les interrompre.

LISETTE.

Dépéchez-vous, & dites tout bas à Madame, que j'ai quelque chose de consequence à lui dire.

MARIANE.

Je vais te l'envoyer, laisse-moi faire.

SCENE II.

LISETTE *seule.*

LA pauvre petite personne, nous en ferions tout ce que nous voudrons. Hé, que ne font point de jeunes filles pour être mariées. Oh pour moi je croi, Dieu me pardonne, qu'il y a un âge où elles ne pensent qu'à cela, & il entre du mariage dans tous leurs songes.

SCENE III.

M. GRIFFARD, LISETTE.

M. GRIFFARD.

HE' bien, ma chere enfant, comment a-t'on reçû la restitution.

LISETTE.

Le mieux du monde, cela se reçoit-il autrement, il faudroit avoir l'esprit bien mal tourné.

M. GRIFFARD.

Sçait-elle que c'est moi qui....

LISETTE.

Je lui en ai voulu donner quelque legere idée.

M. GRIFFARD.

Hé bien?

LISETTE.

Hé, bien, elle commençoit déja à prendre un certain ton aigre doux, qui m'a fait rengaîner mon compliment. Il ne faut se declarer que bien à-propos: La voici.

SCENE IV.

M. GRIFFARD, ANGELIQUE, LISETTE.

M. GRIFFARD.

Ce n'est pas une petite fortune, Madame, que celle de vous rencontrer au logis.

ANGELIQUE.

Si l'on recevoit souvent de vos visites, on deviendroit volontiers plus sedentaire, Monsieur.

M. GRIFFARD.

Madame....

LISETTE.

Voila vôtre chapeau par terre, prenez garde.

ANGELIQUE.

Vous étes, de tous les hommes du monde, celui qu'on voit avec le plus de plaisir, je vous assûre.

M. GRIFFARD.

Ah! Madame....

LISETTE.

Vous marchez sur vos gands, Monsieur.

ANGELIQUE.

Je vous parle naturellement, au moins.

M. GRIFFARD.

Vous avez bien de la bonté, Madame, si j'osois vous parler de même....

ANGELIQUE.

Je vous soupçonne pourtant de m'avoir fait une petite friponnerie, dont je vous punirois si j'en étois bien persuadée.

M. GRIFFARD.

Oh, pour cela, Madame, je ne prétens pas que vous m'en ayez obligation.

ANGELIQUE.

Ecoutez, vous avez de l'esprit, vous donnez un tour galant & delicat à ce que vous faites; mais si vous voulez qu'on vous en ſçache gré, il faut me laiſſer toujours dans l'incertitude.

M. GRIFFARD.

Oh, Madame, je vous répons de....

ANGELIQUE.

Je ne ſuis que trop penetrante, je vous l'avouë; mais on ferme quelquefois les yeux pour ne pas rompre avec ſes amis, une parfaite connoiſſance de la verité me mettroit ſerieuſement en colere.

M. GRIFFARD.

Il eſt conſtant, Madame, que....

ANGELIQUE.

N'uſons pas cette converſation, de grace. Il me fâche ſeulement de penſer à ces ſortes de choſes, paſſez là dedans, je vous prie, j'ay quelques ordres à donner à Liſette, vous n'aurez pas le temps de vous ennuyer.

SCENE V.

ANGELIQUE, LISETTE.

ANGELIQUE.

QUel animal, il ne m'a jamais paru si ridicule.

LISETTE.

Voila un mortel bien payé de ses deux cens pistoles.

ANGELIQUE.

Que me veux-tu ? qu'as tu à me dire, mon mari est là dedans de trop bonne humeur pour un homme qui a donné son argent ; Je meurs de peur que Frontin n'ait pas si bien réüssi que toi.

LISETTE.

Il a mieux fait que vous ne croyez, & voila un Billet de mille écus que Monsieur lui a donné pour Araminte.

ANGELIQUE.

Le monstre, mille écus ne luy font point de peine à sacrifier pour une autre ; il me refuseroit une pistole.

LISETTE.

Nous nous vangeons assez bien de son avarice, il ne faut pas se plaindre.

ANGELIQUE.

Mais comment toucher cét argent, Araminte, ni toi, ni moi, nous ne pouvons l'aller recevoir, il falloit que Frontin....

LISETTE.

Que cela ne vous embarasse point, Madame, Amelin negociera la chose à merveille.

ANGELIQUE.

Il faut envoyer chez elle, Hola, Jasmin,

SCENE VI.

ANGELIQUE, LISETTE, JASMIN.

ANGELIQUE.

Vous sçavez où Madame Amelin demeure.

JASMIN.

Celle qui est venuë tantôt est ici, Oüi, Madame.

ANGELIQUE.

Allez lui dire que je l'attens, & que j'ai affaire d'elle, qu'elle vienne au plus vîte.

LISETTE.

LISETTE.

Avec tout cela, Madame, ce n'est pas une connoissance inutile que celle de cette Madame Amelin.

ANGELIQUE.

Non vraiment.

LISETTE.

Nous aurions eû peine sans elle à nous deffaire du Diamant.

ANGELIQUE.

Il étoit dangereux de le vouloir vendre: mais je m'arrête ici trop long-temps, je vais les rejoindre quand Madame Amelin sera venüe, tu lui diras bien toi-même ce qu'il faut faire.

SCENE VII.

LISETTE, M. JOSSE.

LISETTE.

C'Est de l'argent comptant, ou peu s'en faut, mais que veut cét homme-là? demandez-vous ici quelque chose?

M. JOSSE.

Je voudrois bien parler à Monsieur Simon, on m'a dit là-bas qu'il y étoit.

LISETTE.

Est-ce pour quelque affaire un peu longue ? quelque Testament ? quelque Inventaire ? nous en debarasserez-vous pour long-temps ?

M. JOSSE.

C'est pour une chose que je ne puis dire qu'à luy-même, qu'on l'avertisse, je vous prie.

LISETTE.

Je vais lui dire, vous n'avez qu'à attendre.

SCENE VIII.

M. JOSSE *seul.*

VOila une soubrette qui me paroît bien alerte, & elle pourroit bien, si je ne me trompe, avoir quelque part à la visite que je viens rendre à Monsieur le Notaire.

SCENE IX.

M. SIMON, M. JOSSE.

M. SIMON.

AH, ah, c'eſt Monſieur Joſſe, hé qui vous amene ici, mon voiſin ?

M. JOSSE.

Monſieur, voila un Diamant qu'on vient d'apporter chez moi pour le vendre. Il me paroît tout-à-fait ſemblable à celui que vous avez fait recommander, voyez.

M. SIMON.

C'eſt juſtement le mien, Monſieur Joſſe, qui vous l'a apporté, il falloit retenir ces gens-là.

M. JOSSE.

C'eſt un garçon que je connois, qui me connoît auſſi, & je n'ai même gardé la Bague que ſous pretexte de la faire voir avant que de l'acheter à quelqu'un de mes confreres, que j'ai dit qui ſe connoiſſoit en pierreries mieux que moi. Il ne faut effaroucher perſonne.

M. SIMON.

Hé qui est-il, s'il vous plaît, M. Josse ? cét honnête garçon que vous connoissez.

M. JOSSE.

Ne vous mettez point en peine, nous avons la bague, il reviendra.

M. SIMON.

Il faut le faire arrêter. Il y a ici fort à propos un Commissaire de mes amis, vous n'aurez qu'à nous envoyer avertir.

SCENE X.

M. SIMON, M. JOSSE, FRONTIN.

FRONTIN.

AH ! vous voila, je viens de repasser chez vous, que faites-vous donc ici, Monsieur Josse.

M. JOSSE.

Je fesois voir à Monsieur ce Diamant que vous venez d'aporter chez moy.

M. SIMON.

Quoi c'est-là celui qui....

FRONTIN.

Oüi, vous vous mettez dans le goût de

la pierrerie : ah, je vous en félicite, je voi bien ce que cela signifie.

M. SIMON.

Où as-tu pris cela ?

FRONTIN.

Que cela ne vous embarasse point, je vous en ferai bon marché, ne vous mettez pas en peine.

M. SIMON.

Tu m'en feras bon marché, pendart ?

FRONTIN.

Comment donc, pendart ? Est-ce vous, ou moi, qu'on apostrophe, Monsieur Josse ?

M. JOSSE.

A vôtre avis, que vous en semble ?

FRONTIN.

Moi, par ma foi je ne sçai qu'en dire.

M. SIMON.

Tu me feras bon marché d'un vol que tu m'as fait, infame.

FRONTIN.

Qu'est-ce à dire un vol ? ho... que.... écoutez... hé fi, Monsieur, je n'aime point ces plaisanteries là, je vous en avertis, que diable si le Diamant ne vous accommode pas, il n'y a qu'à me le rendre, je ne suis pas embarassé de m'en defaire.

M. SIMON.

Oh tu n'auras pas cette peine là, sur mon honneur, mon cher Monsieur Josse, vous pouvez me laisser la Bague, je passerai chez vous, & je reconnoîtrai vôtre exactitude.

M. JOSSE.

Je vous baise les mains, Monsieur.

FRONTIN.

Monsieur, Monsieur Josse, oh diable, je n'entens point de raillerie, c'est à vous que....

SCENE XI.

M. SIMON, FRONTIN.

M. SIMON.

OH ne penses pas m'échaper, nous avons d'autres comptes encore à vuider ensemble.

FRONTIN.

Monsieur, commençons par vuider celui-là, rendez-moi la Bague, ou la peste m'étouffe, je ferai beau bruit, &... si...

M. SIMON.

Là rassures-toi, ne t'effraye point,

FRONTIN.

Cela me feroit damner.

M. SIMON.

Je ne ferai point d'éclat de cette affaire-ci, je te le promets.

FRONTIN.

Vous n'en ferez point, mais j'en ferai moi.

M. SIMON.

Je ne veux point te perdre, te dis-je.

FRONTIN.

Et moi je ne veux point perdre ma Bague, de par tous les diables.

M. SIMON.

Parlons doucement, comment est-elle à toi? d'où vient-elle? qui te l'a donnée?

FRONTIN.

Un Gentilhomme de mes amis.

M. SIMON.

Que tu apelles.

FRONTIN.

Monsieur Janot, connoissez-vous cela?

M. SIMON.

Tu es un effronté maraut, tu as volé ce Diamant à ma femme, & c'est celui qu'elle perdit il y a six semaines.

FRONTIN.

Du diable! Monsieur Janot auroit-il fait ce tour-là?

M. SIMON.

Que rumines-tu ?

FRONTIN.

Que cela ne se peut pas. J'étois tantôt avec lui.... chez sa mere.... cela ne se peut pas, encore une fois.

M. SIMON.

Cela est. & je te ferai pendre si tu disputes.

FRONTIN.

Je n'y comprens rien.

M. SIMON.

Venons à present au reste.

FRONTIN.

Monsieur, encore un petit mot sans nous emporter, ou j'ai perdu l'esprit, moi qui vous parle, ou vous l'avez perdu vous-même. Je ne l'ai pas perdu moi, assurément. Ergo....

M. SIMON.

Oüi, je l'ai perdu moi, de t'avoir tantôt sottement confié un Billet de mille écus.

FRONTIN.

Oh, pour cela Monsieur, je me suis fort loyalement acquité de la commission.

M. SIMON.

Tu es un fripon, passé maître.

FRONTIN.

Monsieur....

M. SIMON.

Je ne te connoissois pas encore.

FRONTIN.

N'embroüillons point l'affaire de la Bague.

M. SIMON.

Il me falloit cette avanture pour me détromper.

FRONTIN.

Revenons à la Bague, je vous prie.

M. SIMON.

Araminte est là-dedans, tu as mon Billet, il faut me le rendre.

FRONTIN.

Ne confondons rien, s'il vous plaît.

M. SIMON.

Il faut me le rendre tout à l'heure.

FRONTIN.

Je n'ai point le Billet, & vous avez la Bague.

M. SIMON.

Tu me le rendras.

FRONTIN.

Vous me l'a rendrez.

M. SIMON.

Tu me le rendras.

FRONTIN.

Vous me l'a rendrez.

M. SIMON.

Oh tu me le rendras, ou je t'étranglerai, assurément.

FRONTIN.

Au secours, misericorde.

SCENE XII.

ANGELIQUE, M. SIMON, MARIANE, ARAMINTE, M. GRIFFARD, LISETTE, FRONTIN.

LISETTE.

QU'est-ce qu'il y a donc?

ANGELIQUE

Qui te fait crier de la sorte ?

FRONTIN.

Monsieur vôtre mari, Madame, qui a la fiévre chaude.

M. SIMON.

Bourreau.

MARIANE.

Mon Pere.

FRONTIN.

Et une fiévre chaude, interessée même : Il me dérobe une Bague.

ANGELIQUE.

Qu'est-ce que cela veut dire ?

M. SIMON.

Cela veut dire, que vôtre Diamant est retrouvé, ma femme.

ANGELIQUE.

Mon Diamant.

M. SIMON.

C'est ce coquin là qui l'avoit volé.

ANGELIQUE.

Frontin, lui ?

M. SIMON.

Lui-même.

FRONTIN.

Moi ? moi ? vous voyez bien le transport au cerveau ? il n'y a rien de plus clair.

M. SIMON.

Miserable !

FRONTIN.

La, la, la, la.

GRIFFARD.

Ne vous emportez point.

M. FRONTIN.

Si on ne prend garde à lui, il fera quelque sottise.

M. SIMON.

Coquin ! Monsieur le Commissaire, il faut pendre ce fripon-là.

M. GRIFFARD.

Je ferai le dû de ma charge.

LISETTE.

Frontin seroit pendu ? quel dommage !

FRONTIN.

Laisse-moi en repos, toi, avec ton pendû.

ANGELIQUE.

Mais qui vous fait penser de lui ce que vous nous dites ?

M. SIMON.

Le Diamant que voila vraiment, me prenez-vous pour un visionnaire ? Il est allé pour le vendre, j'avois fait courir des Billets, comme vous sçavez, l'Orfévre est venu m'avertir, vous n'aurez pas de peine à le reconnoître : Voyez.

FRONTIN.

J'enrage. Il y a de l'apparence à tout ce qu'il dit, & je sçais le contraire.

ANGELIQUE.

Lisette.

LISETTE.

Ce l'est, Madame, il y a là quelque chose que je ne comprens point.

M. SIMON.

Hé bien, ai-je tort ? qu'en dites-vous ?

ANGELIQUE.

Je dis qu'il ne me paroît point que cela

ait

ait jamais été à moi, vous vous méprenez.

FRONTIN.

Ah, vivat, j'ai gagné ma cause : Allons, Monsieur le Commissaire, faites le dû de vôtre charge, faites rendre à Frontin ce qui lui appartient, vous étes fort pour les restitutions, vous.

GRIFFARD.

Oüais.

M. SIMON

Oh bien, quoi que vous en disiez, j'en croirai plûtôt qu'un autre, & je ne me dessaisirai point du Diamant.

FRONTIN.

Et puisqu'il est ainsi, moi je vais faire venir la personne à qui il appartient ; s'il est écrit qu'il sera perdu pour moi, j'aime mieux qu'il retourne à son vray maître.

SCENE XIII.

M. SIMON, M. GRIFFARD. ANGELIQUE, ARAMINTE, M. AMELIN, FRONTIN, LISETTE. MARIANE.

M. AMELIN.

Un de vos gens vient de me dire que vous me vouliez parler, Madame, je suis accouruë tout au plus vîte.

FRONTIN.

Oh par-bleu, il y a de la fatalité dans tout ceci, & vous venez tout à propos pour deffendre vos droits, Madame Amelin.

M. AMELIN.

Qu'est-ce qu'il y a donc ? dequoi s'agit-il ?

FRONTIN.

On vous a pris tantôt une Bague, elle est entre les mains de Monsieur, faites-vous la rendre.

LISETTE.

En voici bien d'un autre.

M. AMELIN.

Elle est entre les mains de Monsieur ! le Ciel en soit loüé, je ne suis pas malheureuse, & Monsieur est trop honnête-homme, pour vouloir la retenir.

M. SIMON.

Quoi vous me soûtiendrez que ce Diamant vous apartient, Madame ?

M. AMELIN.

Non, Monsieur, le Ciel m'en preserve.

LISETTE.

Madame Amelin.

M. AMELIN.

J'ai seulement donné ce matin six cens écus dessus à Mademoiselle Lisette, Monsieur.

FRONTIN.

Oh pour celui-là je ne m'y attendois pas, je ne suis qu'une bête.

M. SIMON.

A Lisette, six cens écus.

M. AMELIN.

Oüi, Monsieur, la voila qui peut vous le dire ?

LISETTE.

Moi, je n'ai rien à dire, on vous croira de reste.

M. AMELIN.

Madame avoit affaire d'argent, j'ai été

bien aise de lui faire plaisir.

FRONTIN.

Voila une maudite Bague qui causera quelque revolution.

M. SIMON.

Hé bien, Madame, que me direz-vous pour excuser une conduite si blâmable, dont il faut malheureusement que nos meilleurs amis soient les témoins, ne rougissez-vous point. ....

ANGELIQUE.

Moi, je rougis de vos manieres, Monsieur, & j'ai honte pour vous que l'excés de vôtre avarice me reduise à mettre en gage mes pierreries, vous m'auriez épargné cette confusion, en me donnant ce Billet de mille écus, dont vous avez fait present à Madame.

M. SIMON.

Je suis trahi.

FRONTIN.

Je l'ai donné fidellement, comme vous voyez.

M. GRIFFARD.

Comment donc, quoi? qu'entens-je, ma femme a reçû un present de mille écus.

ARAMINTE.

Ne vous mettez point en colere, Monsieur, je ne l'ai pris, je vous assure, que pour vous dédommager des deux cens Loüis que vous avez envoyez tantôt à Madame.

M. GRIFFARD.

On se moquoit de moi, j'ai ce que je mérite.

M. SIMON.

Vous avez accepté deux cens Loüis de Monsieur le Commissaire, Madame.

ANGELIQUE.

Oh, je sçavois bien que vous les rendriez à sa femme, Monsieur.

FRONTIN.

La belle chose que la prévoyance.

M. AMELIN.

Voila bien du tintamare à ce qu'il me semble, mais mes six cens écus, sera-ce aussi Monsieur qui me les rendra, Madame.

M. SIMON.

Vos six cens écus, moi?

ANGELIQUE.

Oh ça, mon fils, point de rancune, payez Madame Amelin, & je vous pardonne l'affaire des mille écus, ne suis-je pas bonne personne?

M. SIMON.

Madame, Madame, vous allez faire un bon compte de cette avanture, mais.. ...

LISETTE.

Ma foi vous n'avez qu'à charier droit, si vous ne voulez pas qu'on la sçache.

M. SIMON.

J'enrage : Je créve, & je renonce à toutes les femmes.

MARIANE.

Lisette, voici Monsieur le Chevalier.

SCENE DERNIERE.

LE CHEVALIER, ANGELIQUE, ARAMINTE, M. AMELIN, LISETTE, FRONTIN.

LE CHEVALIER.

MAdame, je viens vous dire que.....

M. AMELIN.

Ah te voila donc, bon vaurien, je t'attendois pour te regaler, tu viens m'amuser avec des contes, & tu me fais de belles affaires, vraiment.

LE CHEVALIER.

Madame.

MARIANE.

Elle lui parle bien familierement, Lisette.

FRONTIN.

Monsieur Janot aura aussi son fait. La maudite Bague.

ARAMINTE.

Qu'est-ce que cela signifie ?

M. AMELIN.

Ce que cela signifie ? vous voyez bien ce petit garnement-là, c'est mon fils, Madame, afin que vous le sçachiez.

ANGELIQUE.

Quoi Monsieur le Chevalier....

M. AMELIN.

C'est Janot, Madame, dont je vous ay tant parlé ce matin.

ANGELIQUE.

Monsieur le Chevalier, Janot....

ARAMINTE.

Elle extravague, ma mignonne, cela ne se peut pas.

M. AMELIN.

Qu'est-ce à dire ? cela ne se peut pas. Oseras-tu dire le contraire, répons !

LE CHEVLIER.

Que voulez-vous que je vous réponde ? us avez voulu me perdre, & vous reüssis-z à merveille.

M. AMELIN.

Vraiment oüi, te perdre, voila de beaux mysteres, tu seras peut-être cause que je perdrai six cens écus, toi, & tu crois que je songe à des balivernes.

ANGELIQUE.

Vous étes le fils de Madame Amelin!

MARIANE.

Et vous n'étes point un vrai Chevalier

LE CHEVALIER.

Je suis au desespoir.

ANGELIQUE.

Par où méritoit-elle Monsieur Janot, que vous voulussiez la tromper.

M. AMELIN.

Comment donc la tromper, Tredame, Monsieur Janot, puisque Monsieur Janot y a, aura quand je le voudrai une bonne charge de vingt mille écus que je lui mettrai sur la tête.

ANGELIQUE.

Vingt mille écus, Madame, Amelin?

M. AMELIN.

Oüi, Madame, vingt mille écus, quand je perdrois ceux que je vous ai donnez encore.

FRONTIN.

Comment diable!

ANGELIQUE.

Avez-vous du panchant pour lui, Mariane?

MARIANE.

Quand il n'auroit pas les vingt mille écus, je ne l'en aimerois pas moins, je vous assûre.

LISETTE.

La pauvre enfant.

ANGELLIQUE.

Et moi je vous promets de trouver les moyens de faire consentir vôtre Pere à ce mariage.

LE CHEVALIER.

Ah, Madame !

ARAMINTE.

Trouve donc aussi le secret de faire ma paix avec mon mari.

ANGELIQUE.

Je me chargerai de tout.

FRONTIN.

Ma foi nous sommes plus heureux que sages.

LISETTE.

Hors les maris tout le monde sort toujours bien d'intrigue. Par ma foi si les homm[illegible] donnoient à leurs femmes ce qu'ils dépensent pour leurs maîtresses, ils feroient mieux leurs comptes de toutes manieres.

FIN.

Extrait du Privilege du Roy.

PAR grace & Privilege du Roy, donné à Versailles le 11. jour de Decembre 1692. Signé, Par le Roy en son Conseil, MENESTREL. Il est permis au Sieur DANCOURT de faire imprimer, vendre & debiter une piece de Theâtre de sa composition, intitulée, *Les Bourgeoises à la Mode*, *Comedie*; pendant le temps de six années, à compter du jour qu'elle sera imprimée pour la premiere fois, pendant lequel temps tres-expresses inhibitions & deffenses sont faites à toutes personnes de quelque qualité & condition qu'elles soient, de faire imprimer, vendre ni debiter ladite Comedie dans tous les lieux & terres de l'obéïssance de sa Majesté, à peine de trois mil livres d'amende, payable sans déports par chacun des contrevenans, de confiscation des Exemplaires contrefaits, & de tous dépens, dommages & interêts; & autres peines portées plus au long par lesdites Lettres de Privilege.

Ledit Sieur DANCOURT, a cedé son droit de Privilege à THOMAS GUILLAIN, Marchand Libraire, pour en joüir suivant l'accord fait entr'eux.

Registré sur le livre de la Communauté des Libraires de Paris, le 9. Janvier 1693.

Signé, P. AUBOUYN, *Syndic.*

Achevé d'imprimer pour la premiere fois, le 15. Janvier 1693.

LE

MUET,

COMEDIE.

A PARIS;

Chez THOMAS GUILAIN, ſur le Quai des Auguſtins, à la deſcente du Pont-Neuf, à l'image S. Louïs.

M. DC. XCIII.

Avec Privilege du Roi.

www.ingramcontent.com/pod-product-compliance
Ingram Content Group UK Ltd.
Pitfield, Milton Keynes, MK11 3LW, UK
UKHW031853260826
14628UKWH00002B/751

9 782014 453539